Die hundertjährige Wegstrecke
eines fliegenden und malenden Homo sapiens
in Zyklen des Wandels

Bereichsübergreifendes Storytelling

Jörg Becker

Bibliografische Information der Deutschen Nationalbibliothek

Die deutsche Nationalbibliothek verzeichnet die Publikation in der Deutschen Nationalbibliografie; detaillierte bibliografische Daten sind im Internet über http://dnb.d-nb.de abrufbar.

Herstellung und Verlag: Books on Demand GmbH, Norderstedt
ISBN: 9-783-748-184911

www.beckinfo.de

Der Autor

Jörg Becker hat Führungspositionen in der amerikanischen IT-Wirtschaft, bei internationalen Consultingfirmen und im Marketingmanagement bekleidet und ist Inhaber eines Denkstudio für strategisches Wissensmanagement zur Analyse mittelstandorientierter Businessoptionen auf Basis von Personal- und Standortbilanzen. Die Publikationen reichen von unabhängigen Analysen bis zu umfangreichen thematischen Dossiers, die aus hochwertigen und verlässlichen Quellen zusammengestellt und fachübergreifend analysiert werden. Zwar handelt es sich bei diesen Betrachtungen (auch als Storytelling) vor allem von Intellektuellem (immateriellen) Kapital nicht unbedingt um etwas Neues. Doch um neue Wege zu gehen, reicht es manchmal aus, verschiedene Sachverhalte, die sich bewährt haben, miteinander neu zu kombinieren und fachübergreifend zu durchdenken. Zahlen ja, im Vordergrund stehen aber „weiche" Faktoren: es wird versucht, Einflussfaktoren nicht nur als absolute Zahlengrößen, sondern vor allem in ihrer Relation zueinander und somit in ihren dynamischen Wirkungsbeziehungen zu sehen. Auch scheinbar Nebensächliches wird aufmerksam beobachtet.

In der unendlichen Titel- und Textfülle im Internet scheint es kaum noch ein Problem oder Thema zu geben, das nicht bereits ausführlich abgehandelt und oft beschrieben wurde. Viele neu hinzugefügte und generierte Texte sind deshalbhalb zwangsläufig nur noch formale Abwandlungen und Variationen. Das Neue und Innovative wird trotzdem nicht untergehen. Die Kreativität beim Schreiben drückt sich dadurch aus, vorhandenes Material in vielen kleinen Einzelteilen neu zu werten, neu zusammen zu setzen, auf individuelle Weise zu kombinieren und in einen neuen Kontext zu stellen. Ähnlich einem Bild, das zwar auf gleichen Farben beruhend trotzdem immer wieder in ganz neuer Weise und Sicht geschaffen wird. Texte werden also nicht nur immer wiederholt sequentiell gelesen, sondern entstehen in neuen Prozess- und Wertschöpfungsketten.

Das Neue folgt aus dem Prozess des Entstehens, der seinerseits neues Denken anstößt. Das Publikationskonzept für eine selbst entwickelte Tool-Box: Storytelling, d.h. Sach- und Fachthemen möglichst in erzählerischer Weise und auf (Tages-) Aktualität bezugnehmend aufbereiten. Mit akademischer Abkapselung haben viele Ökonomen es bisher versäumt, im Wettbewerb um die besseren Geschichten mitzubieten. Die in den Publikationen von Jörg Becker unter immer wieder anderen und neuen Blickwinkeln dargestellten Konzepte beruhen auf zwei Grundpfeilern: 1. personenbezogener Kompetenzanalyse und 2. raumbezogener Standortanalyse.

Als verbindende Elemente dieser beiden Grundpfeiler werden a) Wissensmanagement des Intellektuellen Kapitals und b) bilanzgestützte Decision Support Tools analysiert. Fiktive Realitäten können dabei manchmal leichter zu handfesten Realitäten führen. Dies alles unter einem gemeinsamen Überbau: nämlich dem von ganzheitlich durchgängig abstimmfähig, dynamisch ver-

netzt, potential- und strategieorientiert entwickelten Lösungs-
wegen.

Management Overview

Ohne sich in andere Welten oder Sachverhalte versetzen zu können, mit anderen Ohren zu hören oder mit anderen Stimmen zu sprechen wären wir wohl dümmer. Es wäre auch eine Welt ohne Vergangenheit. Die zwar vergangen aber doch so nah ist: Das Erzählen selbst hat allerdings nicht nur eine philosophische sondern ganz praktische Konsequenz: wenn nämlich die Welt und die Geschichte erzählbar sind, wenn Welt und Geschichte in Geschichten dargestellt werden können, die ein Leser nachvollziehen kann, dann werden dadurch Welt und Geschichte verstehbar. D.h. eine erzählbare Welt wird damit zu einer verstehbaren Welt. Und eine verstehbare Welt ist gleichzeitig auch eine gestaltbare und damit veränderbare Welt. Das Erzählen speichert die Erinnerungen an alles Verlorene und Vergessene der Geschichte. Viele Sachverhalte bleiben erst durch das Erzählen präsent.

In den gut zwei Milliarden Jahren des Lebens auf der Erde ist es bisher noch keiner Spezies gelungen, sich dauerhaft an der Spitze der Artenhierarchie zu behaupten. Vielleicht ist es eine Illusion, dass uns ein solches Schicksal erspart bliebe, wenn wir unsere auf bislang konkurrenzlose Intelligenz gegründete globale Dominanz an irgendjemand oder irgendetwas verlieren würden? Wenn wir unser evolutionäres Alleinstellungsmerkmal aufs Spiel setzen? In der biologischen Evolution besteht der Mechanismus des Fortschritts in der Kombination von zufälliger Mutation aufgrund der biochemischen Ungenauigkeit des DNA-

Kopiervorgangs bei der Zellteilung und Selektion durch äußere Umstände sowie konkurrierende Arten im Ökosystem (dieses Trial-and-Error-Verfahren ist träge und ungenau). Es wäre fatal, die Entwicklung auf Autopilot zu stellen und den Steuerknüppel wegzuwerfen.

Gedankenflüge zwischen Gefangenschaft und Fata Morgana der weiten Zukunft: wie eine Zeitreise vom Gestern einer Gefangenschaft zur Gegenwart des Heute bewältigt und gestaltet wurde, ist das Ergebnis persönlicher Eigenschaften und Fähigkeiten. Die Welt, wie sie sein wird, vermag man selbst mit noch so hochkomplexen Modellen nicht abzubilden. Vermutete Wirkungszusammenhänge müssen radikal vereinfacht werden, um sie einigermaßen realitätsnah darstellen zu können. Auch ein noch so gescheiter und mit Daten vollgestopfter Algorithmus müsste wohl eher ratlos vor den Menschen innewohnenden Gefühlsschwankungen stehen und dann mit dem Datensammeln von vorne beginnen: quasi ein RESET des Algorithmus. Nur wer ohne Vorbehalte akzeptiert, dass er sich vorhersehbar verhält, wird auch vorhersehbar handeln. Nur wer daran glaubt, dass eine anonyme Datenanalysemaschine besser weiß, was für ihn gut ist, verzichtet auf eigene Entscheidungen, auf Freiheit und selbstbestimmtes Handeln.

Der Flieger und seine Erinnerungen des Augenblicks mit plötzlichen Einbrüchen des Erhabenen: der Flieger kam ohne sein Fluggerät auch nach Frankreich, wo er gleich mehrere Jahre Gefangenschaft zu durchleben hatte. Diese Leidenszeit hat er nicht nur überlebt, sie hat ihn auch unverstört gelassen. Man konnte ihm seine Tage stehlen, aber niemals auch nur einen einzigen Augenblick nehmen. Die Texte und Gedichte des Fliegers sind eine Abfolge von Schlüsselszenen, jeweils charakterisiert durch ihre Augenblicklichkeit als Momentaufnahme: alles Lebensaugenblicke, Lebendigkeitsmomente (besonders jene, die die Nähe des Todes spüren lassen). „In solchen Momenten zerlegt sich die Wirklichkeit oft und gerne in ihre Einzelteile". Und nach der Leidenszeit zurück in Freiheit (wenn auch nur unter spartanischen, ärmlichen Bedingungen): „Feste sind dazu da, die Zukunft zu vergessen. Der Augenblick ist das Leben. Und sonst nichts". In Relation zum eigenen Empfinden können Augenblicke in Form des Geschriebenen exemplarisch für ein Leben stehen.

Eine wichtige Ursache für die Verdichtung von Zeit liegt nicht zuletzt darin, dass viele Tätigkeiten gleichzeitig immer komplexer geworden sind (Aktendeckel kann man schließen, Strategiefragen nicht). Tätigkeiten sind zwar interessanter, benötigen aber ein Mehr an Zeit. Geschäftsmodelle scheinen längst nicht mehr so stabil und langfristig wie einst angelegt zu sein, sondern müssen sich in immer kürzeren Zeitintervallen geradezu neu erfinden. Das mag zwar spannend sein, erzeugt aber erheblichen Veränderungsdruck.

Dass Fliegen etwas mit Freiheit und Befreiung zu tun hat, war schon den Menschen früherer Epochen klar. Doch haben Freiheit und Befreiung ebenso etwas mit dem Malen zu tun. Die

Blumen auf vielen Bildern von Ernst Becker wurden gewissermaßen real, ebenso wie die Konfrontation mit seiner Kunst auf einmal einen physischen Charakter annahm. Er integrierte Alltagsgegenstände und Fotografien in seine Bilder, die Realität setzte sich im Akt des Malens fort: Bilder in Zeit und Raum, eine Haltung von Freiheit und Befreiung. Die Fotografie diente als Impulsgeber für Gemaltes. Ernst Becker blieb jedoch immer in seinen ureigenen Möglichkeiten verhaftet und bediente sich bewusst der Vorteile, die der Gebrauch einer Kamera mit sich bringt: die Dokumentation mit tiefenscharfen Details. Sein Blick bleibt neutral, sachlich, gleichmäßig die Zentralperspektive einnehmend. Gegenstände werden nicht in Szene gesetzt, sondern gezeigt, wie sie als individuelle Objekte doch Zeugnisse einer Welt sind. Der Verzicht auf eigenwillige Blickwinkel oder andere Verfremdungen, die Konzentration auf die Wiedergabe der Dinge entsprechen dem fotografischen Verständnis eines Fliegers. Die Wahrheit sucht er in der Ruhe, in der Wiederholung, in den dauerhaften Phänomenen. So dachte der Flieger seine Pinselarbeit als potentiell endlos nach allen Seiten weiterführbare Tätigkeit. Die Subjektivität von Ernst Becker stand über allen Normen und Zwängen, eben als Fortführung der Freiheit des Fliegens.

Der ehemalige Flieger ist ein Pommer – von Meer und Erde geprägt. Der Charakter der Pommern: es lebt viel Witz in ihnen, Bedächtigkeit und Ruhe. Ein Menschenschlag, der gleichermaßen von Meer und Erde geprägt wurde. Nicht stur seien sie, sondern eigensinnig, ganz und gar sie selbst. Der ehemalige

Flieger in jener Pionierzeit, in der sich (aus heutiger Sicht) wagemutige Piloten völlig auf sich allein gestellt und nur auf ihr Fluggerät, ihren Motor und ihr fliegerisches Können vertrauende auf die Reise durch die Lüfte machten. Er lebte den Traum, dass der Mensch die Luft unterjochen und sich über sie wird erheben können, wenn er gegen den Widerstand der Luft nach einem Auftrieb auch im Luftmeer suchte, um in diesem schweben, fliegen zu können. Er hatte das Glück, das Gefühl des Fliegens erleben zu dürfen, frei über der Erde zu schweben, mit den Winden zu kämpfen und zugleich mit ihnen eins zu sein.

Zeiten einer nie dagewesenen Beschleunigung reißen auch das Leben mit. Kaum drei Jahrzehnte ist es her, also noch ein Bürobote gemächlich mit der Hauspost daherkam. Alles Schnee von gestern: wie viel Zeit lässt sich heute sparen. Und wie vielfältig sind die Möglichkeiten, was man mit dieser Zeiteinsparung alles tun könnte. Ein Leben im Eiltempo wird jedoch nicht von allen gleichermaßen bejubelt. So manche meinen: Atemlosigkeit habe sich ihrer bemächtigt. Beschleunigung wird eher als Belastung empfunden. Der Kern liegt in den rasenden Fortschritten der Digitalisierung, die jede Form der Informationsbeschaffung und Informationsverarbeitung mit ungeheurer Schnelligkeit erlaubt. Allerdings sind mit diesen Errungenschaften aber gleichzeitig auch die Handlungserwartungen in die Höhe geschnellt: man kann und muss schneller reagieren, schneller entscheiden, sich schneller zurückmelden, schneller Arbeiten und mehr Dinge in der gleichen Zeit erledigen. Beruflich und privat quasi in Echtzeit mit Reaktionszeiten, die gegen Null tendieren.

Die Innovationsverdichtung ist fortwährend auf Wachstum getrimmt. Mehr Lebenstempo verengt gleichzeitig Autonomiespielräume. Obwohl die ganze Digitalisierung nicht auch zuletzt deshalb erfunden wurde und dazu dienen sollte, Freiheitsgrade zu erhöhen. Die Wucht der Beschleunigung konnte vor wenigen Jahrzehnten kaum erahnt werden. Es geht um eine „ausgewogene Zeit-Balance zwischen Speed und Downsizing, beruflichen Anforderungen und privaten Wünschen, Persönlichen Lebenszielen und gelebter Realität". Größere Schnelligkeit bedeutet, ein vergleichbares Ergebnis in kürzerer Zeit leisten zu müssen, was gleichzeitig den Druck durch höhere Verantwortung und steigende Erwartungen erhöht. Die Zeit selbst ist eine konstante Größe, die kontinuierlich, unerbittlich und unbeeinflussbar verrinnt (so wie beim Schreiben dieser Zeilen wieder ein paar Einheiten auf der Lebensuhr verronnen sind). Auf der Lebenslinie sollte man sich immer wieder fragen: wie groß ist die Entfernung zu meinem statistischen „Verfallsdatum"? Wie viel Zeitkapital steht mir ungefähr noch zur Verfügung? Was kann (und will) ich in meiner restlichen Lebenszeit erreichen? Zeitsouverän zu sein heißt, innerhalb der gegebenen Rahmenbedingungen (die man auch selbst noch verändern kann) seine Zeit und damit sein Leben nach seinen eigenen Vorstellungen und Wünschen zu gestalten.

Auf keinem Gebiet der Technik ereigneten sich so sprunghaft kühne Fortschritte wie im Flugwesen, die Entwicklung ist unaufhaltsam fortgeschritten. Der ehemalige Flieger in jener Pionierzeit, in der sich (aus heutiger Sicht) wagemutige Piloten völlig auf sich allein gestellt und nur auf ihr Fluggerät, ihren Motor und ihr fliegerisches Können vertrauende auf die Reise durch die Lüfte machten. Der erste und größte Flugpionier der Menschheit war Leonardo: Flugzeug, Fallschirm, Hubschrauber, alles hat er vorausgedacht, gezeichnet, beschrieben. Unwürdig schien es ihm, immer an die Erde gefesselt zu sein. Fliegen war schon für ihn mehr als nur eine Frage der Technik. Es war ihm eine Frage des Menschseins. Als er noch Kind war zogen eines Tages Kraniche über ihn hinweg, mit gemessenem Flügelschlag, majestätisch in ihrem Reich der Lüfte. In Ungeduld bewegte er seine Arme wie Flügel. Doch sie hoben ihn nicht. Der Traum aber blieb, dass der Mensch die Luft unterjochen und sich über sie wird erheben können.

Kultursiedler sind Auslöser für Standortentwicklungsprozesse. Sie wirken als Multiplikatoren und arbeiten vergleichbar mit einem Pflanzbewuchs auf nährstoffarmen Böden. In diesem Bild sind sie der Humus, den „nährstoffarme Standorte" brauchen. Auf dem dadurch „veredelten" Standort werden auch andere Pflanzen, sprich Wirtschaftszweige, überlebensfähiger. Kulturschaffende sind oft robuster als andere Wirtschaftsgruppen und nehmen auch Räumlichkeiten mit geringer baulicher, energetischer oder ausstattungstechnischer Qualität in Kauf, wenn dafür andere Vorteile (günstige Mieten, stützungsfreie Ausstellungsräume, Laderampen) erreichbar sind. Wer aber könnten nun diese Kultursiedler und Raumpioniere sein? Prädestiniert hierfür sind Akteure der kleinen Kulturwirtschaft. Dabei geht es um einen Sammelbegriff für unterschiedlichste Richtungen eines in vielen Facetten schillernden Wirtschaftszweiges. Es sind vorwiegend Künstler, Freiberufler und Kleinstunternehmen aus den Bereichen Werbung und Design, Architektur und Innenarchitektur, Raumgestaltung, Shop- und Ausstellungsdesign, Kunsthandwerk (Restauratoren, Instrumentenbauer, Buchbinder, Goldschmiede u.a.), Kunst (Galerien, Maler, Bildhauer, Video- und Objektkünstler), Musik (Komponisten, Interpreten, Tonstudios, kleine Musiklabels, Musikvertrieb, Veranstaltungsplanung), Kultur- und Eventmanagement (Sponsoring, Projektkonzeption), Kulturtourismus, Kulturpädagogen.

Die nicht vorhandene, unsichtbare Wahrnehmung wird gefühlt durch die Maschine Zufall ersetzt. Der pommersche Flieger kam nach seiner Gefangenschaft weit in die Ferne nach Hanau: die Maschine Zufall wollte es so. Am Anfang steht das Unbekannte, Unzugängliche. Um von der Unsicherheit zum Zufall zu gelangen, muss der Blick innehalten, muss einen in Erstaunen versetzen. Außerhalb der gelebten Wirklichkeit gibt es keinen Zufall. Mit dem Bild des Zufalls wird versucht, die Wirklichkeit begrifflich zu erfassen, sie irgendwie begreiflich zu machen. So soll der Zufall eine Vorstellung vermitteln, ohne etwas der sinnlichen Wahrnehmung oder der reinen Intuition verdanken zu müssen. In der Theorie der Wahrscheinlichkeiten geht es darum, was am Unvorhersehbaren formalisierbar und quantifizierbar sein könnte. Im antiken Griechenland gab es hierfür extra den Gott Chaos, der das repräsentieren sollte, was nicht organisierbar ist. Der Zufall eröffnet uns eine Welt der Möglichkeiten. Wie das Universum selbst, scheint diese (fast) unendlich.

Nach wissenschaftlich belegten Erkenntnissen haben mit Informationen zugeschüttete Menschen Probleme, diese zu verarbeiten (selten vollständig und nicht fehlerfrei). Aber das menschliche Gehirn verfügt über eine geniale Eigenschaft, um das alles was in der Informationsgesellschaft tagtäglich auf sie einstürmt zu bewältigen: es sortiert die Informationsschwemme vor und reduziert dadurch zunächst einmal deren Komplexität. Unbewusst werden bereits bekannte oder gezielt gesuchte Aussagen vorgezogen, da diese schneller eingeordnet und ausgewertet werden können. Zu neue oder zu komplexe Daten und Details werden, wenn sie mit dem eigentlich Wichtigen nicht zu tun haben, erst einmal übergangen. So funktioniert das Prinzip der selektiven Wahrnehmung.

Malerei und Fotografie stehen in gewisser Weise in Konkurrenz zueinander. Fotografie und Malerei verschmelzen miteinander zu einer Verbindung aus Kamerablick und Malerauge. Dem Flieger dienten Fotografien als Erinnerungshilfen, um während des Malens die vielen Details immer vor Augen zu haben. Die Bilder des Fliegers dokumentieren, wie sehr die eigentliche profane Fotografie zum integralen Bestandteil der malerischen Idealisierung geworden ist. Malerei und Fotografie haben sich bei dem Flieger nicht durch bloße Imitation der jeweils anderen Seite entwickelt, sondern in einem Verhältnis wechselseitiger Beobachtung, Anverwandlung und Kritik. Indem jede der beiden Fähigkeiten des Fliegers von der jeweils anderen profitierte: der Fotograf soll die Skizze des Malers in ein Foto umsetzen, das seinerseits wieder als Vorlage für den Maler dienste. Bei den Werken des Fliegers verwischten sich die Eigenheiten beider Medien. Was einst mit Lust am Experiment mit Digitalem begann hat mit großer Wucht Lebensgewohnheiten ganzer Gesellschaften verändert. Greifbares gegen Flüchtiges, Qualität und Gründlichkeit gegen möglichst schnell Dahingeworfenes. Medial betrachtet ist bereits alles mehr oder weniger digital: noch nie konnten (durften) sich Autoren auf so vielfältige Weise mitteilen, komplexe Zusammenhänge ließen sich noch nie so anschaulich (Grafiken, Bilder, Videos, Animationen) darstellen.

Die Angebotsexplosion dieser Vielfalt geht einher mit Gleichzeitigkeit: der Austausch von Wissen beschleunigt sich auf fast Lichtgeschwindigkeit. Wenn Informationen allein aufgrund ihrer schier unfasslichen Menge zu einer Art von Abfall geworden sind, weiß man kaum noch, was damit zu tun ist. In einer Welt, in der in digitalen Netzwerken alle Aspekte gleichzeitig vorhanden und sofort abrufbar sind, in der jedermann sich seine eigenen Informationskanäle selbst konfiguriert, ist ein Kampf um Aufmerksamkeit entbrannt. Was nützen sorgfältige Recherchen, gut aufbereitete Informationen, durchdachte Auswertungen u.a., wenn sie sich in all dem Informationslärm des Online-Kosmos kein Gehör verschaffen können?

Die Welt, wie sie sein wird, vermag man selbst mit noch so hochkomplexen Modellen nicht abzubilden. Vermutete Wirkungszusammenhänge müssten radikal vereinfacht werden, um sie einigermaßen realitätsnah darstellen zu können. Big Data macht zwar fast alles irgendwie rechenbar, aber deswegen den Lauf der Dinge noch längst nicht (und schon gar nicht genau) vorhersagbar, „Auch im Informationszeitalter bleibt es eine Kunst, die Zeichen der Zeit zu lesen". Auf dem Weg zum Ziel der Vorhersehbarkeit als Quelle für Innovationen und Wertschöpfung strebt man sowohl nach einer Verbesserung der Algorithmen als auch nach immer neuen Erschließungen von immer reichhaltigeren Datenbergen. Immer komplexere Modelle verwenden Methoden und Verfahren aus Informatik, Statistik, Numerik und anderen mathematischen Disziplinen.

Aus der Gegenwart betrachtet sind hundert Jahre für die Menschen insgesamt, vielmehr aber noch für einen einzelnen Menschen, eine riesige Distanz. Liegt eine solche Distanz am Beginn eines Lebens noch einem, scheint sie unendlich zu sein. Liegt sie am Ende eines Lebens hinter einem, scheint sie gleich einem Zeitraffer geschrumpft zu sein. Für den ehemaligen Flieger, von dem hier öfters die Rede ist, begann sie mit einem Weltkrieg und führte über ein Fliegerleben, einen zweiten Weltkrieg, Gefangenschaft (einschließlich geschriebener Gefühlswelten) und viele weitere Zwischenstationen (einschließlich Fotografie und Malerei) bis hin in eine Welt der Cyberwirtschaft und Algorithmen. Für einen einzelnen Menschen ist diese Vielfalt schon allein gedanklich eine ungeheure Breite. Viele (gute, wie auch manchmal schlechte) Erlebnisse, die dem Flieger Freude am Leben gaben.

Themen-Leitfaden

Storytelling wie wir sind und warum wir wie denken und handeln: eine erzählbare Welt ist eine verstehbare und damit veränderbare Welt, ansonsten wäre es eine Welt ohne Vergangenheit

Man konnte dem Flieger seine Tage stehlen, aber niemals auch nur einen einzigen Augenblick nehmen - könnte sich der Homo sapiens mit dem Vorantreiben des Maschinendenkens vielleicht selbst in eine Abhängigkeit manövrieren und den menschlichen Geist zum Auslaufmodell werden lassen?

Komplexität und Verdichtung von Zeit: der Wahlspruch „Zeit ist Geld" hat nur das Problem, dass der Wunsch nach Geld fast grenzenlos scheint, der Zeit aber demgegenüber natürliche Grenzen gesetzt sind

Gefühle einschätzen und kontrollieren – Wahrnehmung nach innen: wer seine eigenen Gefühle sensibilisiert, hat eine bessere Chance, die Gefühle auch anderer zu bemerken und vielleicht zu verstehen

Flieger mit dem Gewinn des eigentlichen Ichs und den Gedanken in Stettin – Wunden des Krieges: zerstörte Brücke nach drüben

Träume von einer besseren Welt - Beschleuniger natürlicher Kreisläufe: denn der Mensch hat Wege gefunden, das Tempo gravierend zu verändern

Ende eines Flieger-Traums und trotzdem blieb die Zuversicht - wie das Leben immer wieder lehrt, sind Träume nicht unendlich, sondern auf Zeit angelegt

Flieger damals im Reich der Lüfte, freie Gefilde der Höhe - die Innovationsverdichtung ist fortwährend auf Wachstum getrimmt: mehr Lebenstempo verengt gleichzeitig Autonomiespielräume - die Zeit selbst ist eine konstante Größe, die kontinuierlich, unerbittlich und unbeeinflussbar verrinnt

Technik und Menschsein - Fliegen war für ihn mehr als nur eine Frage der Technik, es war ihm eine Frage des Menschseins: das Glücksgefühl des Fliegens erleben zu dürfen, frei über der Erde zu schweben, mit den Winden zu kämpfen und zugleich mit ihnen eins zu sein

Der Standort, dieses rätselhafte Wesen – auch ein Flieger und Herr der Lüfte braucht immer wieder auf neue festen Boden unter seinen Füßen - Kultursiedler als Kolonisierer veredelter Standorte

Es ist alles ein Übergang, drum hindurch: Zufall und Wahrscheinlichkeit in einer Welt der Möglichkeiten
Im weiten Meer der „regulären" Kreativwirtschaft - die Möglichkeiten für Kreativität sind nahezu unbegrenzt oder unendlich: der ehemalige Flieger war ein Teil hiervon

Im dynamischen Netz von Standortfaktoren: alles in Bewegung, alles im Fluss - oft lassen sich zusätzliche Erkenntnisse damit gewinnen, dass ein Faktor nicht immer nur mit einer Blickrichtung und unter einem einzigen Aspekt beurteilt wird

Bilder und Gedanken eines ehemaligen Fliegers und Kriegsgefangenen - unser gesamtes Leben ist zwangsläufig riskant, unser Wissen über die Art und Weise, wie die Dinge funktionieren ist in dichte Wolken der Unklarheit gehüllt

Selektiv wahrnehmen, schneller entscheiden: die Informationsschwemme vorsortieren, um deren Komplexität zu reduzieren

Antipoden Malerei und Fotografie als Vor- und Begleitgeschichte des Fliegers - Bodenschätze im digitalen Königreich, Informationslärm in digitaler Meinungswelt

Wirkungsanzeigen: auf Stärke und Dauer kommt es an – es braucht eine Kunst, die Zeichen der Zeit zu lesen, um Muster erkennen und messen zu können

Im Rahmen des Beziehungsgeflechts von Faktoren der Kultur- und Kreativwirtschaft ließe sich so ziemlich jede nur denkbare Fragestellung abarbeiten

In unermesslichen Datenräumen gibt es kaum noch Anonymität - auf der Suche nach der Zeit, die immer da und trotzdem flüchtig ist

Presse als unabhängiges Sprachrohr der freien Meinung: Printmedien bieten Analysen und Hintergrundinformationen; sie sind praktisch die Blutbahnen und Nervenstränge eines funktionierenden politischen Systems

Hundert Jahre Lebensweg: von den Anfängen der Fliegerei bis in die Digitalwirtschaft – der alte Flieger wird Teil einer neuen Zeit, alles bewegt sich, alles verändert sich, nicht allein intellektuell kann man die Welt begreifen

Was geschrieben, gefilmt, fotografiert oder gescannt wird, landet früher oder später im Computer - ein echter „homo oeconomicus" sollte die Freiräume und Handlungsoptionen seiner „Unperfektheit" erhalten und pflegen

Kreativität in Räumen des Übergangs - wie eine Zeitreise vom Gestern einer Gefangenschaft zur Gegenwart des Heute bewältigt und gestaltet wurde, ist das Ergebnis persönlicher Eigenschaften und Fähigkeiten

Geistige Ökonomie des Alterns oder jeder selbst ist seines Glückes Schmied - symbiotische Beziehung zwischen Mensch und Maschine

Storytelling wie wir sind und warum wir wie denken und handeln: eine erzählbare Welt ist eine verstehbare und damit veränderbare Welt, ansonsten wäre es eine Welt ohne Vergangenheit

Wenn wir aufhören richtige Bücher (die länger als 280 Zeichen sind) zu lesen und wenn die Autoren aufhören zu schreiben, dann „würde uns für unsere Selbstverständigung, für unsere Suche danach, wer wir sind und wer wir sein wollen, etwas ganz Entscheidendes fehlen." Ohne intensive Lektüre, d.h. ohne sich in andere Welten oder Sachverhalte versetzen zu können, mit anderen Ohren zu hören oder mit anderen Stimmen zu sprechen wären wir wohl dümmer. Es wäre auch eine Welt ohne Vergangenheit. Die zwar vergangen aber doch so nah ist: man muss nur etwa sechs Generationen zurückgehen und schon wäre man bei Leuten, die Napoleon zu Pferde sahen. Man sollte sich klarmachen, dass vieles noch nicht lange her ist und wie sehr wir von Geschichten geprägt sind und werden, die nur in unserem kurzen Gedächtnis weit in einer kaum noch bewussten Vergangenheit liegen. In Wirklichkeit aber noch immer bestimmen, wie wir sind und warum wir wie denken und handeln. Es macht also durchaus Sinn Geschichten von heute oder von gestern zu erzählen. Dies verfolgt keine vordergründigen didaktischen Interessen sondern stellt lediglich etwas dar, indem erzählt wird. Das Erzählen selbst hat allerdings nicht nur eine philosophische sondern ganz praktische Konsequenz: wenn nämlich die Welt und die Geschichte erzählbar sind, wenn Welt und Geschichte in Geschichten dargestellt werden können, die ein Leser nachvollziehen kann, dann werden dadurch Welt und Geschichte ver-

stehbar. D.h. eine erzählbare Welt wird damit zu einer verstehbaren Welt. Und eine verstehbare Welt ist gleichzeitig auch eine
gestaltbare und damit veränderbare Welt. Das Erzählen speichert die Erinnerungen an alles Verlorene und Vergessene der
Geschichte. Viele Sachverhalte bleiben erst durch das Erzählen
präsent.

Notwendig hierfür ist vertieftes Lesen. Bildschirme und Internet
haben jedoch mehr und mehr eine Verflachung des Lesens bewirkt, Informationen und Wissen werden immer oberflächlicher
und flüchtiger vermittelt. Wie man manchmal nach einer halben
Buchseite merkt, dass man gerade nicht gelesen hat, sondern mit
den Augen nur Zeile für Zeile durchgegangen ist, ohne dass etwas im eigenen Kopf angekommen wäre. Immer seltener wird
das Versinken in einem Buch mit dem Eindruck, etwas nachhaltig aufgenommen zu haben und verstanden zu haben, worum es
geht. Immer weniger erinnern sich noch daran, was es heißt, in
ein Buch vertieft zu sein. Die Selbstkontrolle beim Lesen ist bei
gedruckten Texten größer als bei digitalen Texten. Frage: müssen und können wir unserer Lesen vor Verflachung schützen?
Hilfreich wären vor allem störungsarme Lesesituationen: Lese-
medien wie das gedruckte Buch oder ein E-Reader haben den
Vorteil, dass sie von sich aus keine weiteren Ablenkungen bieten (anders als bei Smartphones oder Tablets). Mit einer häufi-
gen Buchlektüre werden Konzentrationsfähigkeit, Aufmerksam-
keitsfokus und Selbstdisziplin trainiert. Nach der Lektüre von
fachlichen Texten sollte man noch Zeit zum Nachdenken zulas-
sen, um das Gelesene nachwirken zu lassen.

Man konnte dem Flieger seine Tage stehlen, aber niemals auch nur einen einzigen Augenblick nehmen - könnte sich der Homo sapiens mit dem Vorantreiben des Maschinendenkens vielleicht selbst in eine Abhängigkeit manövrieren und den menschlichen Geist zum Auslaufmodell werden lassen?

In den gut zwei Milliarden Jahren des Lebens auf der Erde ist es bisher noch keiner Spezies gelungen, sich dauerhaft an der Spitze der Artenhierarchie zu behaupten. Vielleicht ist es eine Illusion, dass uns ein solches Schicksal erspart bliebe, wenn wir unsere auf bislang konkurrenzlose Intelligenz gegründete globale Dominanz an irgendjemand oder irgendetwas verlieren würden? Wenn wir unser evolutionäres Alleinstellungsmerkmal aufs Spiel setzen? In der biologischen Evolution besteht der Mechanismus des Fortschritts in der Kombination von zufälliger Mutation aufgrund der biochemischen Ungenauigkeit des DNA-Kopiervorgangs bei der Zellteilung und Selektion durch äußere Umstände sowie konkurrierende Arten im Ökosystem (dieses Trial-and-Error-Verfahren ist träge und ungenau). „Zwei entscheidende Unterschiede zur biologischen Evolution beschleunigten hier aber die Zyklen des Wandels um ein Vielfaches: Zum einen ermöglichte die Entwicklung von Sprache und schriftlicher (inzwischen elektronischer) Kommunikation die Verbreitung neuer Fähigkeiten nicht nur vertikal in der Generationenfolge, sondern auch horizontal zwischen nicht miteinander verwandten Artgenossen, Zum anderen wurde mittels der Intelligenz die zufallsabhängige Entwicklung per Mutation und Selektion durch ein planendes, zielgerichtetes und Fehler zeitnah korrigierendes Vorgehen ersetzt. Die Menschheit wurde damit zum ersten selbstlernenden System seit Bestehen des Sonnensystems". Zwar sind uns Computer im derartigen Ökosystem nach wie vor unterlegen, doch zeigen sie sich sowohl auf der Hardware- als auch auf der Softwareebene als enorm entwicklungsfähig. In der elektronischen Evolution dürften „sowohl die maximal erreichbare kognitive Leistungsfähigkeit der Systeme als auch das mögliche Tempo der Entwicklung weit über das in der biologischen Evolution Erlebte hinausreichen: die rein elektrische Signalübertragung durch Halbleiter läuft physikalisch um ein Vielfaches schneller ab als die bioelektrischen an neuronalen Synapsen; das Volumen der Hardware ist nicht durch die Größe der Schädelkapsel begrenzt. „Jedenfalls tun wir Menschen derzeit alles dafür, die technologische Ur-Suppe der Ich-Werdung von Computern aufzukochen, und geben mit der Einführung selbstlernender Systeme auch noch die Instrumente aus der Hand, sie unter Kontrolle zu halten." Es wäre fatal, die Entwicklung auf Autopilot zu stellen und den Steuerknüppel wegzuwerfen.

Gedankenflüge zwischen Gefangenschaft und Fata Morgana der weiten Zukunft: wie eine Zeitreise vom Gestern einer Gefangenschaft zur Gegenwart des Heute bewältigt und gestaltet wurde, ist das Ergebnis persönlicher Eigenschaften und Fähigkeiten. Die Welt, wie sie sein wird, vermag man selbst mit noch so hochkomplexen Modellen nicht abzubilden. Vermutete Wirkungszusammenhänge müssen radikal vereinfacht werden, um sie einigermaßen realitätsnah darstellen zu können. Big Data macht zwar fast alles irgendwie rechenbar aber deswegen den Lauf der Dinge noch längst nicht (und schon gar nicht genau) vorhersagbar, „Auch im Informationszeitalter bleibt es eine Kunst, die Zeichen der Zeit zu lesen". Freies Denken, menschliche Unvollkommenheit und Gefühlswelten können als wirksame Schutzmechanismen gegen die anonyme Macht der Algorithmen funktionieren. Es ist gut, in sich hinein zu horchen, die Wahrnehmung nach innen zu trainieren. Denn wer seine eigenen Gefühle sensibilisiert, hat eine bessere Chance, die Gefühle auch anderer zu bemerken und vielleicht zu verstehen. Es geht um: in der Zukunft angekommen – das Ich und sein anonymer Algorithmus, verräterische Wörter, Komplexität und Verdichtung von Zeit, Gefühle einschätzen und kontrollieren – Wahrnehmung nach innen, Zeichnungen und Gedanken eines ehemaligen Fliegers und Kriegsgefangenen, Zukunftsahnungen, Traum ist alles, so grau ist der Tag, Rohstoff „Wissen" – ein selbstverständlicher Begriff (der so selbstverständlich nicht ist), Wunden des Krieges – zerstörte Brücke nach drüben, Träume von einer besseren Welt, Ende eines Fliegertraums – und trotzdem blieb die Zuversicht, die Fotografie als Vor- und Begleitgeschichte des Fliegers, Gegenwelt zur digitalen – ob sich die Welt mit ihm als Person noch dreht?, Kleinstunternehmer die zu Raumpionieren werden, ein kreatives Umfeld ist nicht beliebig, Bodenschätze im digitalen Königreich, Informationslärm in digitalen Meinungswelten, Kunst die Zeichen der Zeit zu lesen – Muster erkennen und vermessen, verstrickt im Geflecht aus Daten, in unermesslichen Datenräumen gibt es kaum noch Anonymität, auf der Suche nach der Zeit – die immer da und trotzdem flüchtig ist, nicht allein intellektuelle kann man die Welt begreifen, Kreativität in Räumen des Übergangs, die ganz persönliche Art und Weise, jeder ist seines Glückes Schmied, ganzheitliche Betrachtung in einer Standortbilanz.

In der Zukunft angekommen - das Ich und sein Algorithmus: selbstbestimmtes Handeln – Gefühlswelten im Algorithmus gefangen und befangen. Die Macht der Algorithmen, so hört und liest man, wächst: sie steuern unser Leben, stehen mit uns auf, gehen mit uns schlafen. Algorithmen machten die Handlungen eines jeden Einzelnen berechenbar und vorhersagbar. Wenn eine Ehefrau beim Kauf eines Anzuges für ihren Mann dann moniert, dass er sich einfach nicht entscheiden könne: der Algorithmus hätte es, quasi als Doppelgänger jeden Individuums, gewusst. Faszinierende Computerprogramme, gespeist mit neuesten wissenschaftlichen Erkenntnissen, könnten, so propagieren viele Software-Gurus, einfach nicht irren: schon gar nicht im Vergleich zu den Beschränkungen eines menschlichen Gehirns. Menschen würden wie Marionetten an den Fäden des Algorithmus in den Fängen der Manipulierbarkeit hängen: nicht mehr der Einzelne könne entscheiden, sondern nur noch ein gefühlloser Algorithmus. Abseits von aller Sachproblematik ist damit ein Knackpunkt angesprochen: die Gefühlswelt des Menschen. Auch ein noch so gescheiter und mit Daten vollgestopfter Algorithmus müsste wohl eher ratlos vor den Menschen innewohnenden Gefühlsschwankungen stehen und dann mit dem Datensammeln von vorne beginnen: quasi ein RESET des Algorithmus. Nur wer ohne Vorbehalte akzeptiert, dass er sich vorhersehbar verhält, wird auch vorhersehbar handeln. Nur wer daran glaubt, dass eine anonyme Datenanalysemaschine besser weiß, was für ihn gut ist, verzichtet auf eigene Entscheidungen, auf Freiheit und selbstbestimmtes Handeln.

Freies Denken, menschliche Unvollkommenheit und Gefühlswelten können daher als wirksame Schutzmechanismen gegen die anonyme Macht der Algorithmen funktionieren. Dies ist umso dringender ein Gebot der Stunde, als durch anonyme Algorithmen, vielleicht zunächst nur unbemerkt, ein sich destotrotz dynamisch entwickelnder sozialer Druck aufgebaut wird: jede Interaktion (und sei sie auch noch so kritisch) wird als wertvoller Input zur weiteren Perfektion des Systems erfasst und aufgezeichnet. Alle Versuche, den Mustern der Algorithmen entgegenzuwirken, werden ausgewertet und für neue Algorithmen verwendet. Niemand weiß, welche Instanz an den Reglern der Algorithmen sitzt, man kennt weder Motive noch hat man Einfluss auf sie.

Der Flieger und seine Erinnerungen des Augenblicks mit plötzlichen Einbrüchen des Erhabenen: der Flieger kam ohne sein Fluggerät auch nach Frankreich, wo er gleich mehrere Jahre Gefangenschaft zu durchleben hatte. Diese Leidenszeit hat er nicht nur überlebt, sie hat ihn auch unverstört gelassen. Man konnte ihm seine Tage stehlen, aber niemals auch nur einen einzigen Augenblick nehmen. „Der Augenblick, an den wir uns ein Leben lang erinnern, mag unverständlich sein, aber er gehört uns allein. Und keine äußere Macht kann uns aus dem Paradies der Erinnerung vertreiben, die aber gerade keine mehr ans ganze Leben ist, sondern eine an jene plötzlichen Einbrüche des Erhabenen –im Schönen wie im Schrecklichen- , die als Perlenkette aus Evidenzen und Epiphanien unser Leben schmücken". Die Texte und Gedichte des Fliegers sind eine Abfolge von Schlüsselszenen, jeweils charakterisiert durch ihre Augenblicklichkeit als Momentaufnahme: alles Lebensaugenblicke, Lebendigkeitsmomente (besonders jene, die die Nähe des Todes spüren lassen). „In solchen Momenten zerlegt sich die Wirklichkeit oft und gerne in ihre Einzelteile". Und nach der Leidenszeit zurück in Freiheit (wenn auch nur unter spartanischen, ärmlichen Bedingungen): „Feste sind dazu da, die Zukunft zu vergessen. Der Augenblick ist das Leben. Und sonst nichts". In Relation zum eigenen Empfinden können Augenblicke in Form des Geschriebenen exemplarisch für ein Leben stehen.

Komplexität und Verdichtung von Zeit: der Wahlspruch „Zeit ist Geld" hat nur das Problem, dass der Wunsch nach Geld fast grenzenlos scheint, der Zeit aber demgegenüber natürliche Grenzen gesetzt sind

Zeitmangel und Hektik: Geld als das einzige Maß der Dinge? Atemlos in der Hektik des Alltags: wie wichtig sind Pausen? warum soll es gut sein, ständig unter Strom zu stehen? warum haben wir immer zu viel zu tun? Blickt man auf die weitaus längeren (und anstrengenderen) Arbeitszeiten früher Generationen zurück, erkennt man schnell, dass Zeitmangel eigentlich eher relativ ist (vor fünfzig Jahren waren im Jahr zwei Wochen Urlaub normal, heute sind es im Durchschnitt bereits ganze fünf Wochen). Nach dem zweiten Weltkrieg schufteten Arbeiter in der Woche um die sechzig Stunden und Führungskräfte hatten eher eine 40-Stunden-Wochen. Heute ist es umgekehrt: die Elite ackert zwar nicht am Fließband, sondern in mit Mahagoni vertäfelten Führungsetagen.

Der Zeitmangel wird zudem vor einem Hintergrund beklagt, nach dem einem reibungslosen Arbeiten dank technischer Fortschritte und Digitalisierung kaum etwas entgegen steht. Auch benötigte Informationen stehen meist bereits in Sekundenschnelle zur Verfügung. Der Wahlspruch „Zeit ist Geld" hat nur das Problem, dass der Wunsch nach Geld fast grenzenlos scheint, der Zeit aber demgegenüber natürliche Grenzen gesetzt sind. Wenn Geld das Maß aller Dinge ist, braucht es auch nicht zu verwundern, dass Anwälte, Berater u.a. großer Kanzleien oder

Consultingfirmen durchaus auch Stundensätze von sechshundert Euro (und mehr) abrechnen.

Eine wichtige Ursache für die Verdichtung von Zeit liegt nicht zuletzt darin, dass viele Tätigkeiten gleichzeitig immer komplexer geworden sind (Aktendeckel kann man schließen, Strategiefragen nicht). Tätigkeiten sind zwar interessanter, benötigen aber ein Mehr an Zeit. Geschäftsmodelle scheinen längst nicht mehr so stabil und langfristig wie einst angelegt zu sein, sondern müssen sich in immer kürzeren Zeitintervallen geradezu neu erfinden. Das mag zwar spannend sein, erzeugt aber erheblichen Veränderungsdruck. Aber: nur wer Arbeit hat, kann sich wünschen, weniger zu arbeiten. D.h. der Wunsch nach mehr Zeit ist gleichzeitig auch ein Zeichen von Wohlstand (Freizeit muss man sich leisten können).

In der Gefangenschaft: Fata Morgana aus der Erinnerung

Gefühle einschätzen und kontrollieren – Wahrnehmung nach innen: wer seine eigenen Gefühle sensibilisiert, hat eine bessere Chance, die Gefühle auch anderer zu bemerken und vielleicht zu verstehen

Im Berufs- (und Privat-)leben ist es hilfreich, seine eigenen Gefühle (und die anderer) zu erkennen. Wenn man seine Gefühle gut einschätzen kann, kann man sie besser kontrollieren. Eine Fähigkeit, über die besonders Führungskräfte und Flieger ohnehin verfügen sollten (müssen). Wichtig ist beispielsweise, ob man sich noch unter Kontrolle hat, wenn man wütend ist. Oder zu schnell Dinge sagt, die man später vielleicht bereuen würde. Wichtig ist auch zu wissen, ob man erkennen kann, wie andere sich fühlen, oder man dem völlig hilflos gegenübersteht. Experten raten dazu, möglichst in sich hinein zu horchen, die Wahrnehmung nach innen zu trainieren. Denn wer seine eigenen Gefühle sensibilisiere, habe eine bessere Chance, die Gefühle auch anderer zu bemerken (verstehen). „Personen, die eine hohe Emotionale Intelligenz haben, sind beruflich erfolgreicher, wenn sie gleichzeitig ein starkes Aufstiegsmotiv haben". Führungskräfte müssen Leute gewinnen, um sie für ihre Ziele zu motivieren und brauchen deshalb besonders ein Gefühl für andere Menschen. Wenn mein keine Antenne dafür habe, wie man andere anspricht, kann es auch mit der eigenen Karriere schwierig werden. Von Social Responsibility spricht man, wenn sich Unternehmen auch sozialen und gesellschaftlichen Themen verpflichtet fühlen. Schon damals im Mittelalter gab es das Leitbild des „ehrbaren Kaufmanns", der mit seinem tugendhaften Verhalten als Vorbild Werte für sein Umfeld etablieren wollte. Ein solches

Verhalten schafft insgesamt auch Wettbewerbsvorteile. Denn für den Erfolg unerlässlich, jedoch schwer zu erarbeiten ist: ein guter Ruf.

Für den Flieger war sein Pommernland abgebrannt

Maikäfer flieg !
De Vadder is im Krieg,
De Mudder is im Pommerland,
Pommerland is abgebrannt,
Maikäfer flieg !

Hessisches Kinderlied

Für Kinder damals war es kein wirklichkeitsnahes Lied: ein abgebranntes und brennendes Pommernland konnten sie sich nicht vorstellen. Es stand ja alles heil um sie herum: die Häuser, die Kirchen, die Schulen, die Bauernhöfe, die Fischerkähne. Wie sollte dies alles jemals abbrennen können?

Jenes Maikäferlied war in Hessen nach dem Dreißigjährigen Krieg entstanden. Ein Krieg, der für die Kinder damals irgendwo stattgefunden hatte. Wie sollte sie ahnen, dass Pommernland noch einmal abbrennen konnte. Es brannte nicht das ganze Pommern ab: Vorpommern blieb weitgehend verschont, dafür brannte Hinterpommern umso gründlicher ab: es blieb fast nichts davon bestehen.

Und nach dem Krieg: Pommern gab es fast nicht mehr. Die wenigen die es noch gab, waren Reste der Bevölkerung: ähnlich jenen Resten der Goten, die nach der Völkerwanderung in Pommern zurückgeblieben waren. Nicht Wenden, sondern Polen besiedelten nun das Land.

In einem Buch stellt H.W. Richter die Frage: warum haben die Pommern kein Glück gehabt? Obwohl sie nach ihrem Temperament , ihrer Mentalität und ihrer Art zu leben ein solches wohlverdient hätten."War es das Pech, dass sie immer anderen Herren dienen mussten, war es ihre geringe Zahl, oder war es die geographische Lage des Landes, in dem sie lebten: Meerumwobene, aber auch meerumkämpfte Küste ?"

Pommern waren froh, Pommern zu sein. Es genügte ihnen, das Meer, auf das sie hinaussehen konnten, und es genügte ihnen ihnen als Mitmensch der Pommer schlechthin. Pommern waren genügsam: sie brauchten keine Anregungen von draußen, weder musikalischer, literarischer noch politischer Art. Sie genügten sich selbst. Vielleicht war es gerade diese Genügsamkeit, die das Unglück immer wieder herbeizog.

Aber das Pommersche ist von starker und zäher Substanz: es kann sich von wenigen in viele umsetzen, es wird von der Landschaft geprägt, in der es entstand. Wie einst Goten, Wenden oder Preußen, werden die Nachkommen der nach dem Kriege Zugezogenen vielleicht eines Tages wieder Pommern. Trotzdem wird ein Pommern der Zukunft niemals jenes Pommern der Vergangenheit sein.

Und der Flieger schrieb in das Notizbuch seiner Kriegsgefangenschaft:

das Lied, das im Reiche der Wolken einst klang,
ist verstummt.
Verstummt ist der Sang der Motoren.
Das Reich, an das wir einst geglaubt,
ging verloren.
Das, was in Vermessenheit
den Raum sich wollte erobern, zerbrach.
Und seine Schwingen.
Durch Tränen und Leid die Völker gingen.
Ein Traum vom Fliegen zerbrach jäh und unversehens.

Der Flieger skizzierte seinen Abschied von Steuerknüppel und Höhenmesser:

Flieger mit dem Gewinn des eigentlichen Ichs und den Gedanken in Stettin – Wunden des Krieges: zerstörte Brücke nach drüben

Der pommersche Flieger- seine Heimatstadt war Stettin. Dorthin schweiften immer wieder seine Gedanken aus der französischen Gefangenschaft.

Auch Städte müssen mit ihrem Schicksal unausweichlichen Gesetzen folgen: Boden und Lage sind ihre Erbmasse, Klima und Atmosphäre die charaktergestaltenden Faktoren ihrer Entwicklung. Auch die Stadt Stettin konnte nur werden, was der natur- und schicksalsgewollte Zwang aus dem wendischen Fischerdorf ihr zu werden erlaubte: ein Meilenstein auf dem Wege der mittelalterlichen Kolonialgeschichte, ein Platz christlichen Missionseifers, ein Heiratsgut seiner pommerschen herzoglichen Herren, ein begehrtes und umstrittenes Tor zur Ostsee für Brandenburg und Polen, ein lockendes Einfallstor nach Deutschland für nordische Mächte, eine Figur auf dem großen Schachbrett der Weltgeschichte.

Ein Jahrtausend lang hin und her geschoben, in ihrer Entwicklung gehemmt, gefördert, gestört. Bis sie endlich nach Belagerungen, Beschießungen, Zerstörungen und Brandschatzungen unter dem Szepter der preußischen Könige Ruhe fand. Die bescheidene Wohlhabenheit eines staatlich geschützten Handels bezahlte die Stadt vielleicht aber mit der Eigenart ihres Ichs: in festgefügten Kulturformen einer preußischen Militär – und Beamtenstadt wurde sie eine Zeitlang zur nüchternen Provinzstadt ohne persönliche Eigennote vor den Toren Berlins.

Zwischen beiden Weltkriegen fand Stettin die ruhenden Kräfte seines eigentlichen Ichs wieder. Gewann jene verlorengegangene Geschlossenheit des Ausdrucks von Selbstsicherheit und Eigenwillen, die das Zeichen aller alten deutschen, an strömenden Wassern gelegenen Handelsstädte gewesen ist.

Der gefangene Flieger schrieb:

Heute
mag die Sonne gar nicht scheinen
und die Augen leer vom vielen Weinen,
suchen Mütter ihren Weg
hin zum zerborstenen Steg.

Strom,
du fließt durch so viel Leid,
trägst die grausen Bilder weit
hin zum weiten Meer,
Gedanken hinterher.

Strom,
hörst du die dumpfe Klage
dieser grau verhangenen Tage.

Nebel,
der du aus den Wiesen steigst,
Wind, du über Trümmern geigst,
nehmt dem Heute doch das Grauen.

Trotzdem,
gilt es aufzubauen
und die Brücke neu zu schlagen
hin zu fernen Tagen.

Flieger malt traumhafte Phantasien: dass Fliegen etwas mit Freiheit und Befreiung zu tun hat, war schon den Menschen früherer Epochen klar. Doch haben Freiheit und Befreiung ebenso etwas mit dem Malen zu tun. Die Blumen auf vielen Bildern von Ernst Becker wurden gewissermaßen real, ebenso wie die Konfrontation mit seiner Kunst auf einmal einen physischen Charakter annahm. Er integrierte Alltagsgegenstände und Fotografien in seine Bilder, die Realität setzte sich im Akt des Malens fort: Bilder in Zeit und Raum, eine Haltung von Freiheit und Befreiung. Die Fotografie diente als Impulsgeber für Gemaltes. Ernst Becker blieb jedoch immer in seinen ureigenen Möglichkeiten verhaftet und bediente sich bewusst der Vorteile, die der Gebrauch einer Kamera mit sich bringt: die Dokumentation mit tiefenscharfen Details. Sein Blick bleibt neutral, sachlich, gleichmäßig die Zentralperspektive einnehmend. Gegenstände werden nicht in Szene gesetzt, sondern gezeigt, wie sie als individuelle Objekte doch Zeugnisse einer Welt sind.

Der Verzicht auf eigenwillige Blickwinkel oder andere Verfremdungen, die Konzentration auf die Wiedergabe der Dinge entsprechen dem fotografischen Verständnis eines Fliegers. Die Wahrheit sucht er in der Ruhe, in der Wiederholung, in den dauerhaften Phänomenen. So dachte der Flieger seine Pinselarbeit als potentiell endlos nach allen Seiten weiterführbare Tätigkeit. Die Subjektivität von Ernst Becker stand über allen Normen und Zwängen, eben als Fortführung der Freiheit des Fliegens. Becker schuf Bilder, deren Farbe er bearbeitet wie Wind und Wetter den Boden, die Erde, das Gestein. Bilder, die er mit

Farbe vollspachtelte, um in ihr mit dem Pinsel und Finger zu schürfen, Formationen aufzutürmen, Krater und Spalten in sie hineinzu-kratzen. Wie in Gesteinsformationen schuf Becker aus Baumwurzeln Gesichter aus einer Märchenwelt, Dinge und Muster die er in alltäglichen Gegenständen zu erkennen vermochte.

Zeichnen als Überlebenshilfe in Kriegsgefangenschaft:

Träume von einer besseren Welt - Beschleuniger natürlicher Kreisläufe: denn der Mensch hat Wege gefunden, das Tempo gravierend zu verändern

„Kohlenstoff, Sauerstoff, Wasserstoff und Stickstoff machen zusammen 96 Prozent der lebenden Materie aus. Hinzu kommen Calcium, Phosphor, Kalium, Schwefel, Natrium, Chlor und Magnesium sowie ein gutes Dutzend Spurenelemente. Für jedes Element könnte man einen eigenen Kreislauf beschreiben. Manche davon laufen schneller, andere nur sehr langsam ab......die Sonne wird noch viele hundert Millionen Jahre lang dafür sorgen, dass die Kreisläufe auf der Erde nicht versiegen. Elemente schließen sich zu Molekülen zusammen, formen lebendes Gewebe, das irgendwann stirbt und in seine Bestandteile zerfällt, die jedoch nicht verschwinden, sondern neue Verbindungen eingehen.“

Ein Mathematiker hat einst errechnet, wie groß die Wahrscheinlichkeit sei, dass jemand, der heute tief Luft holt, mindestens eines der Moleküle einatmet, die vor zweitausend Jahren den Lungen eines Julius Cäsar entwichen sind. Denn die in unsere Augen sogenannte „frische“ Luft wurde bereits vorher unzählige Male ein- und ausgeatmet, „in Zellulose eingefangen, in Knochen eingebaut, gekaut. verdaut, ausgeschieden, zu Kalkstein synthetisiert, in Zementfabriken gebrannt und wieder freigesetzt, als Torf oder Sumpfgas aus der Erde geholt, als Kohle verbrannt oder als Schießpulver zur Explosion gebracht“

Und: der Mensch hat Wege gefunden, das Tempo dieser Kreisläufe gravierend zu verändern: jeder seiner Eingriffe zieht
enorme (unvorhersehbare) Konsequenzen nach sich. Der
Mensch ist zum größten Beschleuniger geworden. „Jedes Atom,
das auf der Erde existiert, fand sich einst irgendwo draußen im
Weltall, war vielleicht Baumaterial für ferne Sterne, die vor langer Zeit da waren und nun längst verglüht sind. Das menschliche Genom umfasst gut drei Milliarden Bausteine. Der Mensch
selbst besteht aus etwa dreißig Billionen Zellen (hundertmal
mehr als es Sterne in der Milchstraße gibt). Allein zwanzig Milliarden Gehirnzellen werden zum Nachdenken und zur Auf-
rechterhaltung von Körperfunktionen gebraucht. „Wir tragen
also tatsächlich ein ganzes Universum mit uns herum".

Aus dem Flieger-Skizzenbuch der Gefangenschaft:

Der Regen regnet auf das Dach,
das Wasser steigt im Tränengrund,
wie weit von Dir, bin ich denn wach ?
Der Regen regnet auf das Dach,
das gleiche Leid haucht unser Mund,
wir träumen gleiches Ungemach.
Das Wasser steigt im Tränengrund,
Du bist so fern,
wirst Du nicht wach,
mein Herz pocht sich nach Deinem wund.

Träume sind der Mut zur Fantasie,
den man am Tag nicht hat.
Und weil dem so ist
und ich,
wenn auch nicht mut- und hoffnungslos,
doch gern und bunt träume,
wende ich mich ab vom Abgrund
und es soll entstehen hier auf dem Papier,
im Rahmen des vielleicht erst in Jahren
Möglichen: das eigene Heim

**Ende eines Flieger-Traums und trotzdem blieb die
Zuversicht - wie das Leben immer wieder lehrt, sind
Träume nicht unendlich, sondern auf Zeit angelegt**

Der Traum vom Fliegen endete zwar, die Zuversicht aber
blieb, auch als gemaltes Leben. Fliegen auf Kredit, also
Flughöhe unter Null oder Fluggeschwindigkeit negativ, das
gibt es nicht, das kann nicht sein. Der Flieger und Maler hat
niemals einen Kredit gewollt, von niemandem. In Zeiten des
Krieges, der Gefangenschaft und des Aufbaus hat er selbst
dem Land viel an Kredit gegeben, es steht in seiner
Schuld.

Bilder der Welt verzerrt, der Flieger dachte:

Es ist das Leben auf Erden
ein Wandel durch ein tiefes Tal.
Drüben sind Höhen, die an der Sonne liegen,
und nicht Mond noch Sterne kennen.
Alle gehen wird dieselbe Straße,
und einer wartet auf den anderen.
Es ist ein Tal der Tränen, ein steiniger Weg,
der zu den Höhen führt.
Das Leben in seiner Unerbittlichkeit
geht draußen weiter.
Hin und wieder dringt der Lärm der Welt
in meine Stille.
Wie unter einer gläsernen Glocke,
erscheinen mir die Bilder der Welt verzerrt,
das Gesicht des Menschen entstellt,
ohne Güte sein Lächeln.
Nur nachts, wenn ich ruhelos Zeit finde,
hinauf zu schauen in die ewigen Räume,
kommt tröstender Friede
herab aus Sternenwelten.

Jetzt, da der Abstand von den Feuernächten
grösser geworden ist,
kommt uns eigentlich zum Bewusstsein,
was uns genommen, was uns fehlt.
Die Weihnachtsstuben der Kindheit finden
wir nicht mehr.
Das Auge, des Sehens bedürftig,
hat hier kein Ziel mehr,
ein Glück noch, dass der erinnernde Sinn
lebendig geblieben ist.
Kein kleines Geschenk ist das - Erinnerung !
Alles Erinnern ist Schmerz
und Labsal zugleich,
alles ist Flucht und kann doch
eine Quelle sein,
da die Wasser zurückfließen und das neue
Land erquicken.
Man muss vielleicht wissen, ob man es sich
antun darf,
dass man gedenkt.
So halte man sich denn hin
und empfange den Schmerz und das Labsal.
Zuweilen mag es sein,

dass beide ineinanderfließen,
der Schmerz wird zum Geschenk,
die Tränen zum Glück.
Jeder Schmerz bringt uns ja heute
nicht nur das Bewusstsein
vom strengen und armen Heute
und vom verlorenen Paradies,
er bringt uns doch die Erinnerung
an unseren eigentlichen Rang,
an das Wesentliche und an das
Wesen der Dinge.

Das Wort ist Leib und Geist:

Die vielen fernen Orte
bringt erinnern neu hervor -
leise flüstern traute Worte
in mein heimatoffenes Ohr.
Worte, schwer von Stirb und Würde
von der Liebe und vom Glück.
Heimat - heißgeliebte Erde,
bald kehr ich zu dir zurück.

Viele Briefe sind gekommen, inhaltsschwer -
Worte, bringen die Heimat,
den Ton und Klang aus Deinem Munde
zu mir her -
Der Sinn der Worte,
leibhaftig geworden und vergeistigt,
soll nicht nur Klag und Schall sein.
Auch des geschriebenen Wortes -
Das Wort ist Leib und Geist -
das Wort soll mitteilen, dem anderen
etwas bedeuten,
soll die Brücke schlagen von Mensch zu
Mensch -

Auch wenn wir für uns denken, denken wir
in Worten -
Erscheint ein Wort nicht viel zu gering -
nein, es ist gewaltig, viel gewaltiger
als wir denken -
Es ist die ganze Selbsterkenntnis
und Selbsterfassung,
der Ausdruck und das Abbild seines Sprechers
oder Schreibers.
Des Wortes Zweck ist die Offenbarung der
Wirklichkeit -
Damit haben wir Verantwortung,
wenn wir Worte sprechen oder schreiben -
Sie wirken nicht durch lautes Getöse,
nein durch Inhalt.

Durch den mit Balken gefaßten Eingang betrittst du den Vorraum. Wand und Decke sind holzgemasert. Naturgebeizte Sitzeckbank und Tisch das einzige Mobilar des 5m² großen Raumes. Kleiderablage rechte Wand.

Flieger damals im Reich der Lüfte, freie Gefilde der Höhe - die Innovationsverdichtung ist fortwährend auf Wachstum getrimmt: mehr Lebenstempo verengt gleichzeitig Autonomiespielräume - die Zeit selbst ist eine konstante Größe, die kontinuierlich, unerbittlich und unbeeinflussbar verrinnt

Der ehemalige Flieger ist ein Pommer – von Meer und Erde geprägt. Der Charakter der Pommern: es lebt viel Witz in ihnen, Bedächtigkeit und Ruhe. Ein Menschenschlag, der gleichermaßen von Meer und Erde geprägt wurde. Nicht stur seien sie, sondern eigensinnig, ganz und gar sie selbst. Der ehemalige Flieger in jener Pionierzeit, in der sich (aus heutiger Sicht) wagemutige Piloten völlig auf sich allein gestellt und nur auf ihr Fluggerät, ihren Motor und ihr fliegerisches Können vertrauende auf die Reise durch die Lüfte machten. Er lebte den Traum, dass der Mensch die Luft unterjochen und sich über sie wird erheben können, wenn er gegen den Widerstand der Luft nach einem Auftrieb auch im Luftmeer suchte, um in diesem schweben, fliegen zu können. Er hatte das Glück, das Gefühl des Fliegens erleben zu dürfen, frei über der Erde zu schweben, mit den Winden zu kämpfen und zugleich mit ihnen eins zu sein. Es geht um: Zeitgeist und Atemlosigkeit, Technik und Menschsein, Starts und Landungen im nassen Element, Nachdenken über sich selbst und die Welt, nicht glatt und fein sondern kernig, ein Pommer – ein auf den Kopf gestellter Bayer, Spiegelfechtereien, verhüllt und grau, Gefangenschaft – Entlassung in die Reußenköge, wie Bäume ohne Laub, Neuanfang in den Trümmern einer Stadt, wieder Freude am Leben, Flieger – Hanauer

Altstadt, Flieger – wo schon die Römer waren , Pionier-Lebensräume – Biotop und Naturschutz innerhalb von Stadtmauern, ehemaliger Flieger im weiten Meer der „regulären" Kreativwirtschaft, im Cockpit der Handlungsempfehlungen, Profilanzeigen – Transparenz unterschiedlicher Dimensionen, Portfolioanzeigen – Größe und Lage der Bubbles, Wirkungsanzeigen – auf Stärke und Dauer kommt es an, Informationsgewinne gezielt ausschöpfen, darstellende Künste – Theater, Tanz und vieles mehr, Designwirtschaft – Funktionalität und Ästhetik, Filmwirtschaft – Erfolge im Wechsel mit Misserfolgen. Galerie, Museum oder alternative Szene, Musik – Ausdruck gesellschaftlicher Trends, Presse – unabhängiges Sprachrohr der freien Meinung, hundert Jahre Lebensweg – von den Anfängen der Fliegerei bis in die Digitalwirtschaft, eine Art von ewigem Gedächtnis, was geschrieben, gefilmt, fotografiert oder gescannt wird, landet früher oder später im Computer.

Zeitgeist und Atemlosigkeit: Leben im Eiltempo - rasende Digitalisierung – Verdichtung und Reaktionszeiten. Schneller ist besser: so das allgemeine Credo. Zeiten einer nie dagewesenen Beschleunigung reißen auch das Leben mit. Kaum drei Jahrzehnte ist es her, also noch ein Bürobote gemächlich mit der Hauspost daherkam. Alles Schnee von gestern: wie viel Zeit lässt sich heute sparen. Und wie vielfältig sind die Möglichkeiten, was man mit dieser Zeiteinsparung alles tun könnte. Ein Leben im Eiltempo wird jedoch nicht von allen gleichermaßen bejubelt. So manche meinen: Atemlosigkeit habe sich ihrer bemächtigt. Beschleunigung wird eher als Belastung empfunden.

Der Kern liegt in den rasenden Fortschritten der Digitalisierung, die jede Form der Informationsbeschaffung und Informationsverarbeitung mit ungeheurer Schnelligkeit erlaubt. Allerdings sind mit diesen Errungenschaften aber glcichzeitig auch die Handlungserwartungen in die Höhe geschnellt: man kann und muss schneller reagieren, schneller entscheiden, sich schneller zurückmelden, schneller Arbeiten und mehr Dinge in der gleichen Zeit erledigen. Beruflich und privat quasi in Echtzeit mit Reaktionszeiten, die gegen Null tendieren. Die Innovationsverdichtung ist fortwährend auf Wachstum getrimmt. Mehr Lebenstempo verengt gleichzeitig Autonomiespielräume. Obwohl die ganze Digitalisierung nicht auch zuletzt deshalb erfunden wurde und dazu dienen sollte, Freiheitsgrade zu erhöhen. Die Wucht der Beschleunigung konnte vor wenigen Jahrzehnten kaum erahnt werden und wird mittlerweile unter Überschriften wie beispielsweise Zeitwohlstand, Zeitnotstand oder Zeitsouveränität heiß diskutiert.

Der Flieger malte die Ruhe am Lago di Garda

Uralt ist die Sehnsucht der Menschen, fliegen zu können: Göttern und Dämonen schrieb man die Fähigkeit zu, sich in die Luft erheben zu können. Ja man sah im Luftmeer ihren ureigenen Raum. Schon in der Sage vom Ikarus ist davon die Rede, dass sich ein Erdgebundener durch Nachahmung des Vogelflugs und mittels eines Werkzeugs aus seiner Hände Arbeit über die Erde erhob. Zunächst wusste man nur, dass warme Luft leichter ist als kalte und deshalb in die Höhe steigt. Der Weg „leichter als die Luft" führte zur Eroberung der Luftmeere durch Menschen. Das Vorbild war der Vogel: er kann sich in die Luft erheben, indem er sein Gewicht durch die Kraft seiner Schwingen aufwärts und vorwärts trägt.

Zeit für das Zeitlose –freier Lauf der Gedanken: die Muße (als Ausdruck innerer Gelassenheit) kennt viele Gestaltungsformen. Denn: „Zeit ist keine Ressource, von der wir zu wenig haben, sondern von der wir uns zu wenig nehmen". Muße ist das Losgelöstsein und Freisein von den Geschäften des Alltags. Unfähig, Muße zu ertragen, läuft man Gefahr, im Termindruck zu ersticken, zum Knecht einer ruhelosen, brutalen Agenda (die keine weiße Flecken mehr duldet) zu werden. Eine Muße des bloßen Daseins kann wirkliches Freisein bedeuten: Möglichkeiten schaffen, statt Erfolge lieber Feste zu feiern oder einfach nur nutzenfrei unter Mitmenschen zu weilen. Muße ist: einfach einmal (jedem Zeitdruck entsagend) seinen Gedanken und Gefühlen nachzugehen und freien Lauf zu lassen, das Geschehen um sich herum zu beobachten, über Gott und die Welt und nicht zuletzt über sich selbst zu reflektieren. Muße hat auch etwas von gelebter Kritik an der ruhelosen Geschäftigkeit der Arbeits- und Berufswelt. Muße kann als Zeit für das Zeitlose die Zeit einspielen, die es braucht, „dass im Gehirn die Gedanken so lange frei flottieren, bis sie sich zu etwas Vernünftigem bündeln". Aber auch solches Nichtstun kann (mitunter harte) Arbeit sein: sich quasi per Fastenzeit von Terminen von Geschäften und kreisenden Gedanken freizumachen und zu lösen. Der Lohn: der Kopf wird frei. „Wer sich die Zeit zur erfüllten Langeweile, zur Muße nimmt, pflegt eine hohe Lebenskunst".

Zeit ist Leben: manche Menschen weigern sich, Geschwindigkeit als einziges Leistungskriterium zu akzeptieren. Und dies wohl zu Recht: vor allem wollen sie auch der Langsamkeit produktive und kreative Seiten abgewinnen. Viele haben das Gefühl, nur noch auf der Überholspur zu leben (leben zu müssen), auf der nicht die Großen die Kleinen dominieren, sondern die Schnellen die Langsamen. Es geht um eine „ausgewogene Zeit-Balance zwischen Speed und Downsizing, beruflichen Anforderungen und privaten Wünschen, Persönlichen Lebenszielen und gelebter Realität". Größere Schnelligkeit bedeutet, ein vergleichbares Ergebnis in kürzerer Zeit leisten zu müssen, was gleichzeitig den Druck durch höhere Verantwortung und steigende Erwartungen erhöht.

Die Zeit selbst ist eine konstante Größe, die kontinuierlich, unerbittlich und unbeeinflussbar verrinnt (so wie beim Schreiben dieser Zeilen wieder ein paar Einheiten auf der Lebensuhr verronnen sind). Auf der Lebenslinie sollte man sich immer wieder fragen: wie groß ist die Entfernung zu meinem statistischen „Verfallsdatum"? Wie viel Zeitkapital steht mir ungefähr noch zur Verfügung? Was kann (und will) ich in meiner restlichen Lebenszeit erreichen? Zeitsouverän zu sein heißt, innerhalb der gegebenen Rahmenbedingungen (die man auch selbst noch verändern kann) seine Zeit und damit sein Leben nach seinen eigenen Vorstellungen und Wünschen zu gestalten.

Wer in seiner Arbeit beschleunigt oder gehetzt wird, braucht im Gegenzug auch eine gehörige Portion Ruhe. Geld, das man vielleicht verloren hat, kann man immer wieder zurückgewinnen – Zeit dagegen nie, die ist unwiederbringlich weg. So wenn mir jemand zwei Stunden meiner Zeit stiehlt heißt dies: die einzigen Diebe, die nicht bestraft werden, sind die Zeitdiebe. Im Sinne einer besseren Effizienz geht es darum, das was man tut, richtig zu tun. Viele Menschen haben deshalb Schwierigkeiten, weil sie auf zu vielen Hochzeiten gleichzeitig tanzen und sich mit zu vielen Dingen auf einmal beschäftigen. Selbstausbeutung ohne Limit führt meist nicht zur Belohnung mit einem heiß ersehnten Chefposten (sondern zum Burn-out). Die Kunst besteht nicht darin, seine Zeit für diese vielen Dinge noch effizienten zu gestalten. Sondern darin, sich auf das Wesentliche zu beschränken und zu konzentrieren (simplify your life). Wer seinem Leben Sinn und Richtung zu geben versucht, sollte eine klare Vision, ein berufliches und persönliches Leitbild haben und befolgen. „Visionen wecken Energien, lösen Aktivitäten aus und reißen andere mit. Visionen setzen gewaltige geistige wie emotionale Energien frei, stellen also ein mentales Kraftzentrum dar. Alles, was man real erreichen will, ist zuvor mental entstanden".

Technik und Menschsein - Fliegen war für ihn mehr als nur eine Frage der Technik, es war ihm eine Frage des Menschseins: das Glücksgefühl des Fliegens erleben zu dürfen, frei über der Erde zu schweben, mit den Winden zu kämpfen und zugleich mit ihnen eins zu sein

Auf keinem Gebiet der Technik ereigneten sich so sprunghaft kühne Fortschritte wie im Flugwesen, die Entwicklung ist unaufhaltsam fortgeschritten. Der ehemalige Flieger in jener Pionierzeit, in der sich (aus heutiger Sicht) wagemutige Piloten völlig auf sich allein gestellt und nur auf ihr Fluggerät, ihren Motor und ihr fliegerisches Können vertrauende auf die Reise durch die Lüfte machten. Der erste und größte Flugpionier der Menschheit war Leonardo: Flugzeug, Fallschirm, Hubschrauber, alles hat er vorausgedacht, gezeichnet, beschrieben. Unwürdig schien es ihm, immer an die Erde gefesselt zu sein. Fliegen war schon für ihn mehr als nur eine Frage der Technik. Es war ihm eine Frage des Menschseins. Als er noch Kind war zogen eines Tages Kraniche über ihn hinweg, mit gemessenem Flügelschlag, majestätisch in ihrem Reich der Lüfte. In Ungeduld bewegte er seine Arme wie Flügel. Doch sie hoben ihn nicht.

Der Traum aber blieb, dass der Mensch die Luft unterjochen und sich über sie wird erheben können, wenn er gegen den Widerstand der Luft mit seinen großen Flügeln, die er sich angefertigt hat, eine Kraft ausübt und diesen Widerstand überwindet. Ist es ein Wunder, dass ein solcher Mensch sich danach sehnte, seinen Körper von der Erdenschwere zu lösen, dass er nach Flügeln suchte, die ihn nach den freien und unbetretenen Gefilden der Höhe tragen sollten ? Nach einem Auftrieb auch im Luftmeer, um auch in diesem schweben, fliegen zu können? Das Glücksgefühl des Fliegens erleben zu dürfen, frei über der Erde zu schweben, mit den Winden zu kämpfen und zugleich mit ihnen eins zu sein?

Aus dem Flugbuch des Fliegers:

Starts und Landungen im nassen Element: Wasserpiloten dürfen keine Einzelgänger sein: denn anders als bei Flugzeugen, die auf Land starten und landen, brauchen sie fast immer fremde Hilfe, um ihre Maschine unbeschadet an eine Boje, den Anlegesteg oder vom Ufer wieder zurück aufs offene Wasser zu bekommen.

Und anders als bei einem Flugzeug auf Land nützen die Bremsen im Wasser überhaupt nichts. Vorausschauendes Einschätzen von Wellengang, Strömung und eigener Geschwindigkeit ist also Voraussetzung, um ein solches Flugzeug unbeschadet an das gewünschte Ziel zu bekommen. Wasserfliegen dürfen ohnehin nur jene mit einer speziellen Ausbildung hierfür: mehrere Stunden Flugtraining und mehrere Dutzend Starts und Landungen im nassen Element sind hierfür erforderlich. In den zwanziger und dreißiger Jahren wurde Claude Dornier durch seine hochseetauglichen Flugboote, vor allem durch das damals größte Wasserflugzeug der Welt, die zwölfmotorige Do-X berühmt.

Steuerknüppel in locker, fester Fühlung – Tourenzähler und Staudruckmesser – Geschwindigkeit über Grund: im Flug der Maschine genügt oft ein geringer Druck, um die gewünschte Bewegung zu erzielen. Dem Anfänger, der zuerst den Knüppel wie im Schraubstock festhält, wird bald klar werden, wie er in lockerer, aber fester Fühlung bequemer, besser, eben richtig fliegt (auch die Füßen müssen dann nicht mehr wie Klötze auf den Seitensteuerhebeln ruhen). Ist nach einem Start der Geradeausflug erreicht, wird der Motor (der immer noch auf Vollgas läuft) nun gedrosselt, d.h. der Gashebel etwas zurückgenommen. Auf dem Tourenzähler wird abgelesen, wie weit gedrosselt werden darf, ohne der Maschine die Mindestgeschwindigkeit zu nehmen (die sie zum sicheren Fliegen braucht). Auf dem Staudruckmesser kann die erreichte Geschwindigkeit (abhängig von den Luftverhältnisse) des Flugzeugs abgelesen werden. Die Geschwindigkeit über Grund ist (grob genommen) um die Geschwindigkeit des Windes größer oder geringer (je nachdem, ob das Flugzeug mit Gegen- oder Rückenwind fliegt).

Der Flieger vermerkt in seinem Flugbuch:

Ein Menschenschlag, der gleichermaßen von Meer und Erde geprägt wurde. Nicht stur seien sie, sondern eigensinnig, ganz und gar sie selbst. Nicht unzugänglich, verschlossen seien sie, *Nachdenken über sich selbst und die Welt:* der ehemalige Flieger ist ein Pommer – von Meer und Erde geprägt. Der Charakter der Pommern: es lebt viel Witz in ihnen, Bedächtigkeit und Ruhe. sondern bescheiden. Nicht zurückgeblieben seien sie, sondern einfach und genügsam. Ein ihnen manchmal unterstelltes Gefühl des Überlegenseins mag davon rühren, dass sie vor vielen hundert Jahren Weite und Enge zugleich in ihren Blick nahmen: als sie Fischer wurden und Ackerbauern über der Furche, die unmittelbar hinter der Künste begann.

Und all die Vorfahren, die Pommern haben: Goten, Wenden, Schweden, Dänen, Polen, Preußen und wer sich sonst noch so in Pommern herumtrieb. Die Pommern leben gern, und wer gern lebt, ist nicht ganz und gar tugendhaft, kein Tugendbold. Pommersche Selbsteinschätzung: ein Pommer ist im Winter so dumm wie im Sommer. Nur im Frühjahr, da ist er etwas klüger. Wenn daran etwas Wahres ist, dann ist es diese mit den Jahreszeiten wechselnde Intelligenz. Vielleicht war es ja auch so, dass die Pommern nur im Frühling (nach dem langen Winterschlaf unter Schnee und Eis und vor der harten Sommerarbeit auf dem Meer, den Feldern) etwas Zeit hatten, über sich selbst und die Welt nachzudenken.

Nicht glatt und fein, sondern kernig: Friedrich der Große schrieb einst: „Die Pommern haben einen geraden schlichten Sinn. Unter den Untertanen aller Provinzen eignen sie sich am besten für den Kriegsdienst wie für alle anderen Ämter. Nur mit diplomatischen Verhandlungen möchte ich sie nicht betrauen, weil ihr Freimut nicht für Geschäfte passt, bei denen man der Schlauheit mit der Schläue begegnen muss". Es spricht für die Widerborstigkeit und Dickköpfigkeit der Pommern, dass einige von ihnen sich gegen Hitler erhoben, als sich zeigt, wie wenig dieser mit dem siegreichen Friedrich dem Großen gemein hatte. So geht es bei den Pommern nicht immer glatt und fein, sondern eher kernig zu. Der Küstenpommer, der von frühester Jugend an gewohnt ist, den Gefahren, welche das Leben auf dem Meer mit sich bringt, ins Auge zu schauen, ist eine harte, verschlossene, wortkarge, ernste Natur.

Pommerscher Kindermund: Du bist so dumm wie ein Badegast. Denn Badegäste gehen unvernünftigerweise ins kalte Wasser, geben ihr Geld unnötigerweise aus und legen sich wider das Gebot eines gesunden Lebens in die pralle Sonne. Außerdem reden sie zuviel und fragen zuviel (unklar und unlogisch).
Vgl. hierzu jeweils H.W. Richter: Deutschland deine Pommern

Stargarder Stadtmauer vom Flieger gemalt

Der Standort, dieses rätselhafte Wesen – auch ein Flieger und Herr der Lüfte braucht immer wieder auf neue festen Boden unter seinen Füßen - Kultursiedler als Kolonisierer veredelter Standorte

Es gibt keine guten und keine schlechten Standorte. Es gibt immer nur geeignete oder ungeeignete Standorte. Jeder Standort hat sein ganz individuelles Profil und erfordert ein darauf genau zugeschnittenes Konzept für seine Entwicklung und Vermarktung. In diesem Zusammenhang stellen sich immer wieder Fragen wie beispielsweise: wie dringend oder geeignet wäre eine systematische Standortanalyse und -bewertung? Haben die politisch und fachlich Verantwortlichen des Standortes alle erfolgsrelevanten Qualitäts-/ Erfolgsfaktoren und Prozesse des Standortes vollständig/lückenlos und transparent nachvollziehbar (z. B. mit einer auch für Finanzleute vertrauten Darstellungsweise) identifiziert und dokumentiert? Gibt es intern aus der Eigensicht des Standortes heraus eine fundierte Meinung darüber, welches/e Gewicht/Priorität jedem Standortfaktor im Einzelfall beizumessen ist (Standort-Eigenbildanalyse)? Haben die politisch und fachlich Verantwortlichen des Standortes fundierte Kenntnis davon, welche Gewichtung extern aus der Sicht Dritter (z.B. ortsansässige Firmen, ansiedlungsinteressierte Investoren u.a.) bestimmten Standortfaktoren zugeordnet wird (Standort-Fremdbildanalyse)? Haben die politisch und fachlich Verantwortlichen des Standortes einen Überblick darüber, welche dynamischen Wirkungsbeziehungen, Hebel- und Rückkoppelungseffekte zwischen einzelnen Standortfaktoren existieren und wie solche im Bedarfsfall konkret darzustellen wären? Werden alle geplanten Maßnahmen dahingehend durchleuchtet, wie sie sich auf jeden einzelnen Standortfaktor auswirken können? Existiert für den Standort eine Non-Financial-Bilanz mit allen „weichen" Standortfaktoren, um jederzeit zielgruppengerecht (z.B. als Kommunikationsplattform für verschiedene politische Ebenen, Investoren-Anfragen, Moderation von Planungs- und Entscheidungsprozessen mit Beteiligten unterschiedlicher Interessenlage u.a.) und nachvollziehbar aufbereitete Standort-Reports vorlegen zu können? Oder um über Vermögensbilanzen (Sachanlagen der Kommune) hinausgehend möglichst alle erfolgsrelevanten, d.h. auch „weiche" Standortfaktoren zu identifizieren, in eine Ordnung (z.B. nach Standort-Prozessen, Standort-Erfolgsfaktoren, Standort-Humanfaktoren, Standort-Strukturfaktoren, Standort-Beziehungsfaktoren) und eine verstehbare Relation unter- und zueinander zu bringen und dann einem einheitlichen Bewertungsprozess nach Quantität, Qualität, Systematik/ Nachhaltigkeit sowie einer Messung mit spezifischen Kern-Indikatoren zuführen zu können? Oder um die Potenziale der Standortfaktoren auf einer einheitlichen, allgemein verständlichen Informationsgrundlage gezielt und erfolgsbezogen diskutieren zu können? Können für den Standort alle erfolgsrelevanten Faktoren und Prozesse jederzeit anhand von durchgängig aufeinander abgestimmten Diagrammen (z.B. Potenzial-Portfolios, Profil-Diagrammen, Ampel-Diagrammen, graphischen Standortfaktor-Wirkungsnetzen)in einer einfach verständlichen Form dargestellt, analysiert und kommuniziert werden?

„Kultursiedler"-Faktoren: Kultursiedler sind Auslöser für Standortentwicklungsprozesse. Sie wirken als Multiplikatoren und arbeiten vergleichbar mit einem Pflanzbewuchs auf nährstoffarmen Böden. In diesem Bild sind sie der Humus, den „nährstoffarme Standorte" brauchen. Auf dem dadurch „veredelten" Standort werden auch andere Pflanzen, sprich Wirtschaftszweige, überlebensfähiger.

„Kolonisierer"-Faktoren:

- auf der Suche nach preiswerten Räumlichkeiten ziehen Kulturschaffende in vernachlässigte Viertel
- Kultur- und Kreativszene "kolonisiert" vernachlässigte Liegenschaften mit Ateliers und informellen Ausstellungsräumlichkeiten
- Es folgen Galeristen, Grafiker, Filmemacher, Architekten, Designer, Gründer in Kunsthandwerk und Dienstleistungen

- es bildet sich eine ergänzende Infrastruktur wie Kneipen, Bistros, Clubs
- es siedeln sich auch Restaurants der gehobenen Kategorie an
- Developer auf der Suche nach lukrativen Investitionsmöglichkeiten entdecken den Standort

- der öffentliche Kulturbetrieb zieht in das Quartier ein
- das Image des Viertels steigt
- die Struktur der Wohnbevölkerung wandelt sich, der Aufwertungsprozess erreicht seinen Höhepunkt

Raumpioniere mit vielen Gesichtern: Kulturschaffende sind oft robuster als andere Wirtschaftsgruppen und nehmen auch Räumlichkeiten mit geringer baulicher, energetischer oder ausstattungstechnischer Qualität in Kauf, wenn dafür andere Vorteile (günstige Mieten, stützungsfreie Ausstellungsräume, Laderampen) erreichbar sind. Wer aber könnten nun diese Kultursiedler und Raumpioniere sein? Prädestiniert hierfür sind Akteure der kleinen Kulturwirtschaft. Dabei geht es um einen Sammelbegriff für unterschiedlichste Richtungen eines in vielen Facetten schillernden Wirtschaftszweiges. Es sind vorwiegend Künstler, Freiberufler und Kleinstunternehmen aus den Bereichen Werbung und Design, Architektur und Innenarchitektur, Raumgestaltung, Shop- und Ausstellungsdesign, Kunsthandwerk (Restauratoren, Instrumentenbauer, Buchbinder, Goldschmiede u.a.), Kunst (Galerien, Maler, Bildhauer, Video- und Objektkünstler), Musik (Komponisten, Interpreten, Tonstudios, kleine Musiklabels, Musikvertrieb, Veranstaltungsplanung), Kultur- und Eventmanagement (Sponsoring, Projektkonzeption), Kulturtourismus, Kulturpädagogen. Besondere Lagequalitäten von Liegenschaften werden zuerst von jungen Kreativen entdeckt. Bislang vernachlässigte Liegenschaften erfahren aufgrund von Kreativaktivitäten mehr Aufmerksamkeit.

Der Flieger als Fotograf:

Verräterische Wörter: Wissenschaftler haben herausgefunden: wenn häufig „wir" statt „ich" gesagt wird, ist Betrug wahrscheinlich (Vgl. FAZ). Manager sagten den Wissenschaftlern zufolge viel häufiger „wir" statt „ich", wenn sie etwas zu verbergen hatten. Sie verwiesen seltener auf sich selbst und benutzten dafür unpersönliche Pronomen wie „irgendjemand" oder „niemand". Außerdem stellten sie häufiger Bezüge zu mutmaßlich allgemein Bekanntem her, indem sie etwa Wendungen wie „wie Sie wissen" oder „wie jeder weiß" verwendeten. Diese Leute benutzten weiterhin mehr Wörter für extrem positive Ge-

fühle (z.B. „phantastisch" anstelle von einem einfachen „gut")
und vermieden gleichzeitig Wörter, die extrem negative Gefühle
ausdrückten.

*Profil-Anzeigen machen unterschiedliche Dimensionen transpa-
rent:* mit den Ampel-Anzeigen von zuvor eng verknüpft sind
Profil-Anzeigen zur Kultur- und Kreativwirtschaft des Standortes jeweils unter dem Gesichtspunkt der drei Dimensionen
Quantität, Qualität und Systematik/Zukunft.

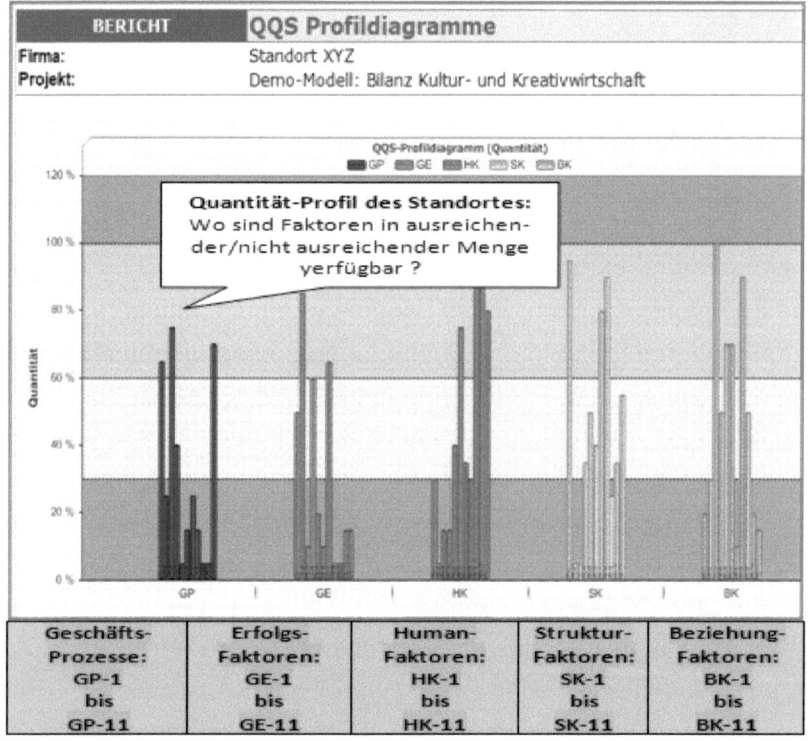

Ein Pommer - ein auf den Kopf gestellter Bayer: die Farbe der Bayern ist weiß-blau, die Farbe der Pommern blau-weiß. Ein Pommer ist also ein auf den Kopf gestellter Bayer (oder umgekehrt). Den Bayer gibt es noch: stolz trägt er seine weiß-blauen Farben vor sich her. Den Pommern aber gibt es nicht mehr: ihre blau-weißen Farben sind fast vergessen.

Aus dem „Lied der Pommern"

Wenn in stiller Stunde
Träume mich umwehn,
Bringen frohe Kunde
Geister ungesehn;
Reden von dem Lande
Meiner Heimat mir,
Hellem Meeresstrande,
Düsterm Waldrevier.
Weiße Segel fliegen
Auf der blauen See,
Weiße Möwen wiegen
Sich in Blauer Höh´,
Blaue Wälder krönen
Weißen Dünen Sand.
Pommernland, mein Sehnen
Ist dir zugewandt.

Vom Bruder während des Krieges gezeichnet:

Der Flieger schrieb:

Bist Du Amboss, sei geduldig,
bist Du Hammer, schlage zu !
Nur die Sache ist verloren,
die man aufgibt !
Wenn Du geliebt sein willst - so liebe !
Auch die Wüste hat ihre Brunnen.
Trau dem nicht, der Dir schmeichelt.
Wer viel von sich hält,
hält viele von sich.
Alles verstehen heißt alles verzeihen.
Nicht wer wenig hat,
sondern wer viel wünscht ist arm.
Weise ist, der von jedermann lernt.
Der billigste Luxus:
der gute Geschmack.
Je weniger Du vom Leben verlangst,
desto mehr bietet es Dir.
Baum und Mensch: wohin er neigt,
dahin er fällt.
Misstraue der Menschheit,
doch nie dem Menschen !

Feuer fängt mit Funken an.
Honig ist der Mücken Tod.
Kranken Augen tut das Licht weh.
Wer im Unglück treu ist, besitzt Ehre.

Der ehemalige Wetterbeobachtungs-Flieger malte - erhabene Bergwelt (Öl)

Ein kreatives Umfeld ist nicht beliebig: Kleinstunternehmen der Kulturschaffenden suchen bevorzugt Standorte, an denen sie in einem ihnen gemäßen Umfeld agieren können. Die Standorte von Kreativen und Kulturschaffenden sind nicht beliebig. Um von Impulsen und möglichen Zwischennutzungen dieser Gruppe profitieren zu können, sollten Standorte sich darum bemühen, diese bevorzugten Räume zu identifizieren:

Räume in einem Übergangsstadium zwischen aufgegebener Nutzung und neuer Planung (z.B. ehemalige Industrieareale, Baulücken, aufgegebene Bahn- und Flughafenflächen, ungenutzte oder brach liegende Gewerbeliegenschaften)

Räume, an denen Investoren wegen mangelnder Nachfrage oder fehlenden Verwertungsmöglichkeiten nicht interessiert sind

Möglichkeitsräume (ungeplant neue Aktivitäten entfalten können)

Freiräume (Alternativ-, Jugend-, Popkultur)

Erprobungsflächen (Nutzung von Freizeit und Sport sowie für soziale Initiativen)

Großflächen (Transformationsflächen mit heterogenem Baubestand)

Akteure der Kulturwirtschaft agieren als „Raumpioniere" oder „Kultursiedler". Beispielsweise werden leer stehende Ladenlokale oder Brachflächen mit kreativen Aktivitäten zu neuem Leben erweckt. Leerstand = Ressource: Folgen von Abwanderungen, Bevölkerungsrückgang und damit geringer Nutzungsintensität (z.B. Ladenleerstand in Erdgeschosszonen mit einer Negativimage- Abwärtsspirale, Zeichen der Verwahrlosung, steigenden Kosten der technischen und sozialen Infrastruktur) werden gemildert und aufgefangen. Eine Nutzung leer stehender Gebäude auch unterhalb des Mietzinsniveaus (z.B. Überlassung an Kulturschaffende gegen Übernahme der Betriebskosten) kann diese vor Verfall bewahren und Sicherheitsprobleme mindern. Für schwer zu vermarktende Immobilien kann Zeit gewonnen werden bis hierfür Nutzungsalternativen entwickelt werden können. Über die Ausgestaltung ihrer Planungshoheit entscheidet die Kommune mit über eine mögliche Standortwahl von Kulturschaffenden.

	Typisches Ablaufmuster	
Niedrige Mietpreise, Brachflächen, Leerstände		Attraktiv für „Pioniere" (Studenten, Künstler, Subkultur)
	Deren Anwesenheit und Aktivität bewirken einen ersten Aufwertungsschritt	
Studenten steigen in das Berufsleben ein und verdienen deutlich mehr als die Ursprungsbewohner	Erste Verdrängungsprozesse werden in Gang gesetzt	Manche kulturwirtschaftliche Akteure etablieren sich und generieren Kaufkraft

Dass wir mehr wissen sollten (müssten) als das, was in den Rechnern wahrgenommen und verarbeitet wird. Wir versuchen, das fehlende Wissen durch das Sammeln von immer mehr Daten zu kompensieren und hetzen immer schneller anfallenden Informationen hinterher. Umso häufiger wir mit Krisen (wirtschaftlich, politisch) konfrontiert werden, umso stärker wird das Gefühl, die Welt nicht zu verstehen. Es kommt darauf an, den Mut zu haben, sich die Grenzen des Wissens einzugestehen und sich nicht mit immer mehr Informationen über dessen Fehlen hinwegzutäuschen. Vor allem bereit zu sein, neben informationsgesättigtem Sachverstand Vernunft walten zu lassen.

	Typisches Ablaufmuster	
Erste Häuser und Wohnungen werden restauriert	Investoren sehen Chancen für Wertsteigerungen	Es entstehen ertragsstärkere Nutzungen wie beispielsweise Clubs, Agenturen
	Mieten steigen	
Alteingesessene Bewohner und Gewerbetreibende werden verdrängt, da sie die Mieterhöhungen nicht tragen können		Auch neu Eingewanderte, Studenten, Künstler u.a. können sich die höheren Mietpreise nicht mehr leisten und siedeln in andere Stadtteile um
Ursprüngliche Bevölkerungsstruktur und Charakter des Viertels wandeln sich	Investoren beginnen, die Häuser auf hohem baulichen Niveau zu sanieren	Intensität und Umfang des Gentrifizierungsprozesses variieren in Abhängigkeit vom Standort

Neujahrstag in Gefangenschaft – Der Flieger schreibt:

Bleibet bunter Bilder Traum
so grau ist der Tag,
so grau · · · ·
und das was kommen mag
jetzt noch verhüllt -
wird grau -
Traum, du warst kurz !
Dein Sturz
ins „Gestern" zurück -
du denkst das Glück.
Damals Geliebte
fiel leise der Schnee
als wir Abschied nahmen.
In dem großen Weh,
Dir die Tränen kamen.
Glück du Eintagsfliege -
an deiner Wiege
die grosse Trennung stand !
ist dein schwebender Flug
verweht · · · ?
Im fremden Land
kann ich nicht vergessen.

Im Hafen-Dock – aus dem Kopf gemalt

Gefangenschaft-Entlassung in die Reußenköge: die Reußenköge befinden sich mitten (Nachbarort Bredstedt) in der nordfriesischen Marsch, wohin der ehemalige Flieger aus seiner Gefangenschaft entlassen wurde. Wikipedia: König Christian IV. von Dänemark hatte den Plan gefasst, das Gebiet zwischen dem Hattstedter Koog und Ockholm auf einen Streich einzudeichen. Schrittweise begann man abschnittsweise nur das hoch genug aufgeschickte Vorland einzudeichen. Als erster entstand der Sophien-Magdalenen-Koog. Der Koog wurde in sieben Hofstellen aufgeteilt, vermessen und später zur Keimzelle der Reußenköge. Im Jahr 1903 erfolgte der Beginn einer nächsten Eindeichungsreihe. Mit dem Cecilienkoog entstanden eingedeichte Ländereien. 1925 begann die Eindeichung des Sönke-Nissen-Koogs. Er bildete bis heute die letzte Eindeichung zum Zwecke der Landgewinnung. Der Gutsbezirk Hamburger Hallig wurde aufgelöst und ebenfalls nach Reußenköge eingemeindet.

Fliegermalerei - auf dem Land

Auch in einer reichen Bauerngegend, mit hinter Nordsee-Deichen reich bestellten Feldern, lernten Flüchtlinge den Hunger kennen. Verzehrten Reste-Kohl, gingen kilometerweit für einen Kanten Brot. Verstrickten das, was sie an Wolle von den Zäunen zupften und überlebten, lebten irgendwie.

Und der Flieger malte die Abendstimmung vor dem Deich

Es ist alles ein Übergang, drum hindurch: Zufall und Wahrscheinlichkeit in einer Welt der Möglichkeiten

Der Flieger schrieb:

Nur die Sache ist verloren, die man aufgibt.
Luftschlösser wie im Märchen
gaukelten wir uns einst vor.
Auch diese sind heute erheblich bescheidener
geworden.
Der äußerlich aufgezwungenen
Anspruchslosigkeit
gesellt sich nun auch die Innere zu.
Doch trotzdem - wir brauchen deshalb
uns kein geistiges Armutszeugnis ausstellen.
Dazu ein weiteres Plus: die Armut.
Es heißt: nicht wer wenig hat, sondern wer
viel wünscht, ist arm.
Was wünschten wir einst, was wünschen wir
jetzt?
Bleiben wir doch real im Denken
und verlieren wir nicht den
Sinn für Wirklichkeit -
die Kraft zum „Dennoch" liegt in uns.

Schöpfen aus unserem Inneren den
Reichtum unserer Herzen
und etwas Glanz in die Dunkelheit
dieser Tage.
Dann ist das Leben lebenswert,
dennoch lebenswert!

Das Wissen vom Leben, das wir Erwachsenen
der Jugend mitzuteilen haben,
lautet also nicht:
„Die Wirklichkeit wird schon unter euren
Idealen aufräumen -
sondern wachset hinein in eure Ideale,
dass das Leben sie euch nicht nehmen kann.
Wenn die Menschen das würden,
was sie mit 14 Jahren sind,
wie anders wäre die Welt!

Viele Flüchtlinge waren nach den Kriegszeiten wie Bäume ohne Laub, so wie der Bruder des Fliegers sie noch während des Krieges zeichnete:

Die nicht vorhandene, unsichtbare Wahrnehmung wird gefühlt durch die Maschine Zufall ersetzt. Der pommersche Flieger kam nach seiner Gefangenschaft weit in die Ferne nach Hanau: die Maschine Zufall wollte es so. Am Anfang steht das Unbekannte, Unzugängliche. Um von der Unsicherheit zum Zufall zu gelangen, muss der Blick innehalten, muss einen in Erstaunen versetzen. Außerhalb der gelebten Wirklichkeit gibt es keinen Zufall. Mit dem Bild des Zufalls wird versucht, die Wirklichkeit begrifflich zu erfassen, sie irgendwie begreiflich zu machen. So soll der Zufall eine Vorstellung vermitteln, ohne etwas der sinnlichen Wahrnehmung oder der reinen Intuition verdanken zu müssen. In der Theorie der Wahrscheinlichkeiten geht es darum, was am Unvorhersehbaren formalisierbar und quantifizierbar sein könnte. Im antiken Griechenland gab es hierfür extra den Gott Chaos, der das repräsentieren sollte, was nicht organisierbar ist. Der Zufall eröffnet uns eine Welt der Möglichkeiten. Wie das Universum selbst, scheint diese (fast) unendlich. „Die erste Regel der Wahrscheinlichkeiten lautet, dass die Wahrscheinlichkeit eines Ereignisses die Summe der Wahrscheinlichkeiten aller Möglichkeiten ist, die es realisieren".

Neuanfang auf den Trümmern einer Stadt: die Stadt, als Zuflucht des Fliegers, sie liegt an einem Fluss. Ein solcher Fluss vermag eine Stadt zu prägen, bestimmt ihren Rhythmus. Dient nicht nur als Transportweg, sondern auch als einzigartiges Sportfeld. Der Flieger hat diesen Fluss gemalt und fotografiert, sein Sohn fand auf ihm sein sportliches Betätigungsfeld. Seine Ufer umsäumen Bäume. Solche, die auch seine Freunde hätten werden können. Er kam so in eine Stadt im Westen. Diese zwar von Bomben ebenfalls schwer geschunden. Aber unter dem amerikanischen Schutzschirm bereits den hoffnungsschöpfenden Geist einer freiheitlichen, demokratischen Grundordnung atmend. Sah man die Stadt wie sie bei seiner Ankunft war, hätte sich damals kaum jemand vorstellen können oder zu hoffen gewagt, was einmal aus ihr werden würde. Es war eine Trümmerlandschaft, aus der später einmal auch sein Freund der Baum geboren werden sollte. Die Natur war uns Menschen voraus: erste Blütenträume erwachten. Er hat sie mit der Kamera eingefangen, wie hier jenen Magnolienbaum:

Im Portfolio die ausschöpfbaren Potenziale anzeigen: analog zu im betriebswirtschaftlichen Bereich allgemein bekannten Portfolios wird das Untersuchungsfeld in vier gleiche Felder aufgeteilt und der entsprechende Faktor der Kultur- und Kreativwirtschaft als Kreis (=Bubble) eingetragen. Für nachfolgende Demo-Beispiele gilt: Größe des Kreises gibt die mengenmäßige Verfügbarkeit des Faktors an. *Horizontal:* wird in % die Ist-Bewertung der Qualität angezeigt. *Vertikal:* wird in % die Ist-Bewertung der Systematik/ Zukunftsentwicklung des Faktors angezeigt.

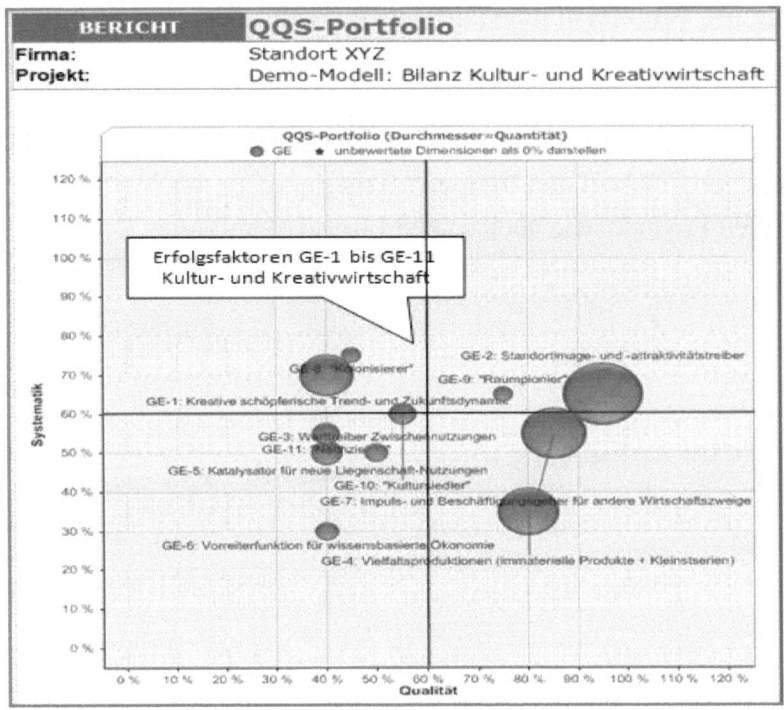

Wieder Freude am Leben: die Stadt, in die er, der ehemalige Flieger kam, war damals nicht seine Heimat. Aber in ihr fand er Arbeit und neue Hoffnung. In der Stadt, in die er kam, stand er vor dem Nichts. Musste, wie viele andere auch, erst einmal sein tägliches Brot verdienen. Mit seiner Frau zusammen haben sie es geschafft. Vielleicht hatte es sein Sohn da leichter. Unbelastet von schmerzlichem Heimatgefühl konnte er in dieser Stadt unbeschwert aufwachsen und seine Jugend verleben. Trümmer und darauf vereinzelt wieder entstehende Rohbauten waren ihm ein aufregender Abenteuerspielplatz. Was aber die Stadt, in die er kam, seinem Sohn wirklich gab, war die Möglichkeit zum Lernen. Mit einem humanistischen Gymnasium, das fast immer die guten Seiten seiner Schüler stärkte. Das ihm eine Welt öffnete, die er vorher in den ersten Nachkriegswirren so nicht kannte. Das ihm für seinen späteren Beruf ein gut brauchbares Rüstzeug mit auf den Weg gab. Das ihn offen machte für solche stillen Freunde, wie auch seinen Freund, den Baum.

Neue soziale Zeitordnung: vielleicht hat der menschlich gemacht Klimawandel ja sogar das Zeug, die nächste Eiszeit zu verhindern. Jedenfalls weitgehend unstrittig ist wohl: „dass Staudämme die Deltagebiete absacken lassen, weil sie Sedimente zurückhalten, dass synthetische Chemikalien in den entlegensten Weltgegenden detektierbar sind, dass der Mensch Tierarten ausrottet und so aus dem Fossilienbestand der Zukunft entfernt". Auch scheint es, dass wir die erste neue Erdepoche haben, die eine Konsequenz des eigenen Handelns ist. Ist es wirkliche eine Epoche, in der „Wünsche, Pläne, Wissen und Handlungen einer einzigen Spezies den Fortgang der Erdgeschichte beeinflussen?" In der Generationen von Wissenschaftlern (Geologen u.a.) einzige dafür ausgebildet wurden (werden), um Tunnel zu graben, Erze und fossile Brennstoffe zu fördern, Deponien für Abfälle zu schaffen?

Das soziale Chaos, das die industrielle Revolution hervorgerufen habe und das die Gesellschaft an den Rand des Zusammenbruchs alter Strukturen führen sollte, wird auch als „neue soziale Zeitordnung" beschrieben: Architekten entwerfen Städte, die sich in den Stoffwechsel der Biosphäre integrieren, Wissenschaftler suchen nach einer Antwort, „wie lang und gewaltig der Hebel ist, mit dem die heutigen Industriegesellschaften Einfluss auf Klima, Evolution und geologische Beschaffenheit der künftigen Erde nehmen?"

Hanauer Altstadt: 1303 mit den Stadtrechten ausgestattet erlebte die Altstadt Hanau eine kontinuierliche bauliche Entwicklung. Zwei Kirchen – die reformierte Marienkirche und die lutherische Jonneskirche - sowie das Rathaus bestimmten das Stadtbild. Die dominierende Anlage aber waren die Gebäude des Stadtschlosses. Die Bombenangriffe des Zweiten Weltkrieges legten all dieses in Schutt und Asche.

Dorthin, wo schon die Römer waren: nach den schrecklichen Tagen, Wochen und Jahres des Krieges hat es den Flieger vom Norden also in die Mitte Deutschlands verschlagen. Dorthin, wo im Raum Hanau erste archäologische Funde römischer Anlagen bereits im Mittelalter entdeckt wurden. Bei gelegentlichen Ausgrabungen mittelalterlicher Fundstellen im alten Ortskern von Kesselstadt (Hanau Stadtteil) wurden immer wieder römische Einzelfunde (vor allem Münzen) entdeckt. Bei dem auch dort entdeckten römischen Steinkastell handelt es sich um eine etwa 14 ha große, aus Stein gemauerte Kastellanlage (die auch heute noch manche Rätsel aufgibt). Auf dem Kesselstädter Friedhof wurden die Fundamente eines römischen Bades ausgegraben. Ein um 92 n. Chr. errichtetes Badegebäude diente römischen Soldaten als Freizeit- und Sportanlage. Nach der Verlegung der römischen Truppen an die neue, wenige Kilometer östlich gelegene Limeslinie entstand dort ein regionales Wirtschafts- und Handelszentrum. Hier arbeiteten Handwerker, Händler und Kaufleute wohnten hier. Bootshäuser und wahrscheinlich auch Fischer gab es hier. Der gemeinsamen Freizeitgestaltung dienten die Gasthäuser (und sicher auch das eine oder andere Bordell). Mit dem Ende der Römerherrschaft im dritten Jahrhundert endete wohl auch zunächst einmal der wirtschaftliche Höhepunkt der damaligen Siedlungs- und Infrastruktur.

Der Flieger auf Spuren der Römer:

Pionier-Lebensräume – Biotop und Naturschutz innerhalb der Stadtmauern: Naturschutzgebiet am Standort Hanau - ehemaliges Militärgelände – Biotop - Wildpferde –Schutz durch EU-Verordnung – Standort für Artenschutz. Es geht um eine Bewertung des „Unbewertbaren", d.h. die Bewertung von (nach manchen Auffassungen) nicht bilanzierbaren Standortwerten. Eine wichtige Grundlage dafür stellt das Instrument der Standortbilanz deswegen dar, weil sich mit seiner Hilfe eine umfassende Bestandsaufnahme und Bewertung auch von immateriellen Faktoren realisieren lässt. Mit dem Konzept der Standortbilanz lässt sich zudem eine Systematik anwenden, die auch zu den (zahlenorientierten) Denkstrukturen des Finanzbereichs passt. Die Standortbilanz macht Zusammenhänge zwischen Zielen, Geschäftsprozessen, Standortressourcen und Geschäftserfolg transparenter. Beispiel eines immateriellen Standortpostens: nur drei Kilometer vom Stadtzentrum Hanau entfernt liegt zwischen den Stadtteilen Wolfgang und Großauheim ein Naturschutzgebiet: das ehemalige Militärgelände Campo Pond. Für die beendete militärische Nutzung des weitläufigen Geländes wollte man seitens der Hanauer Stadtväter einen adäquaten Ersatz finden. Eine Besonderheit ist der großflächig vorkommende Sandrasen. Sandrasen sind typische Pionier-Lebensräume. Alleinstellungsmerkmale sind nicht nur seltene Pflanzen, sondern auch Wildpferden: die Przewalski-Herde.

Seit Abzug der US-Army Ende 2006 konnte sich die Vegetation von Menschen ungestört entfalten. Auf dem über viele Jahrzehnte durch Drahtzäune abgeschlossenen Gelände konnten besonders geschützte Pflanzen- und Tierarten überleben. Auf diese Weise erhielt der Standort als verspätetes Geschenk der Amerikaner ein einzigartiges Biotop. Rund 70 Hektar wurden aufgrund des besonders seltenen Sand-Magerrasens vom Hessischen Naturschutz-Ministerium als FFH-Gebiet (Fauna-Flora-Habitat) ausgewiesen und sind somit durch EU-Verordnung geschützt. Es entwickelte sich die Idee, die Fläche von Wildpferden beweiden zu lassen: 2009 kamen die ersten Wildpferd-Stuten nach Hanau. Die im Hanauer Naturschutzgebiet Campo Pond angesiedelten Stuten fühlen sich auf dem weitläufigen Gelände, einer Koppel mit 55 Hektar Land mit Wald, Wiesen und einem kleinen See, mittlerweilerweile bereits heimisch. Das Przewalski-Pferd ist weltweit die einzig genetisch reine Art des Wildpferdes, die in ihrer Wildform bis heute überlebt hat. Hanau wurde im Rahmen des Europäischen Artenschutzprogramms für Przewalski-Pferde als Standort für die Zucht ausgewählt. Sollten hieraus Fohlen hervorgehen, könnten diese möglicherweise eines Tages auch in die mongolische Steppe als eigentliche Heimat ihrer Art ausgewildert werden. Über die Standortökonomie solcher weicher Faktoren können auch dynamische Wirkungszusammenhänge erfasst werden: dabei geht es um die dynamischen Zusammenhänge der immateriellen Ressourcen. Mit einer Wirkungsanalyse können Wirkungszusammenhänge innerhalb der Standortfaktoren erkannt werden: es können Aussagen zur Steuerbarkeit einzelner Faktoren und zu zeitlichen Verzögerungen bei den Wirkungszusammenhängen getroffen werden. Es werden die Wechselwirkungen der Einflussfaktoren analysiert.

Im weiten Meer der „regulären" Kreativwirtschaft - die Möglichkeiten für Kreativität sind nahezu unbegrenzt oder unendlich: der ehemalige Flieger war ein Teil hiervon

Für die ökonomische Seite der Kultur- und Kreativwirtschaft, lassen sich (so vielfältig wie das Thema selbst) Analysen machen: die Kultur- und Kreativwirtschaft eines Standortes erhält damit ein für zahlreiche Entscheidungszwecke geeignetes Berichts-Bild, u.a. mit:
Ampel-Anzeigen,
Profil-Anzeigen,
Portfolio-Anzeigen,
Wirkungs-Anzeigen,
Potential-Anzeigen.

Der Flieger aus Stettin, dem Pulsschlag der Welt: schon früh wählten die Stettiner den Kopf des Greifen als Wappenschild – weil ihre Stadt der Kopf von Pommern war. In der Zeit der Hanse, als der Handel blühte, wurde der Hering goldschwer für die Stettiner. Sie fuhren hinaus nach Bergen und Schonen und kehrten heim mit Schiffsladungen gesalzener Beute. Wie oft mögen die Stettiner unter dem Schutz der „Madonna mit den drei Heringen" (Schnitzwerk in der Jakobi-Kirche) um große Fänge gebetet haben. Denn der Hering war für Stettin so wichtig wie die Luft und das Wasser und die Sonne. Im Mittelalter muss Stettin eine schöne Stadt gewesen sein. Rotwein brachten die Stettiner immer mit von ihren .Reise. So manche Probe mag schon auf den Speicher gehalten worden sein, oder auch in den stattlichen Bürgerhäusern. Und auch so manche Tonne Bier ist hier wohl angezapft worden. Unter dem Alten Fritz nahm dann Stettins Entwicklung einen steilen Aufstieg. Denn jetzt begann sich die verkehrsgünstige Lage so richtig auszuwirken: die Lage an dem großen Strom, der die Seeschiffahrt bis tief in das Land hinein erlaubte. Jetzt nahmen Manufakturen und Industrien Ihren Standort in Stettin. Ganze Flotten von Segelschiffen befuhren von hier aus alle Meere. Für einen Binnenländer, der nach Stettin kam, waren immer das Wasser und der Hafen die Hauptanziehungskräfte. Ja selbst für den geborenen Stettiner war es eine immer neue Überraschung, immerwährende Anregung, diesen Pulsschlag der Welt und des Lebens pochen zu hören. Die alte Unrast der nordischen Küstenbewohner beim Anblick der großen Überseedampfer zu spüren. Und ist es Hochsommer, bieten schon die Oderufer am Fuß der Hakenterrasse, wo die Ostseebäderdampfer wie eine Schar weißer Möwen auf dem Wasser sitzen, für die Augen unaufhörlich neue Bilder. In den langen Kaischuppen lagern Güterinhalte von vielen tausend Eisenbahnwaggons. Wie hungrige Raubtiere scheinen die Schiffe mit ihren geöffneten Ladeluken, in deren Rachen die kreischenden, knarrenden Winden und Kräne unaufhörlich Fracht und Ladung senken: Getreide, Kohlen, Koks, Mehl, Zucker, Papier, Bau- und Nutzholz, Kartoffelmehl, Zement usw. Die Haupteinfuhren sind: Erze, Papierholz, Ölfrüchte, Heringe, Erdöl, Phosphate, Steine und Erden, Eisen, Butter, Flachs, Futtermittel.

Schweifende Gedanken – am Pier

Der Flieger dachte:

Außer gutem Leben und Geldverdienen
muss es Dinge geben,
die sich der Mensch nicht verdienen kann,
die ihn über die Zeiten
der Niedergeschlagenheit

und innerer Not
hinwegheben, zum Gleichgewicht
der seelischen Kräfte helfen –

Was ist Kunst ?
Diese Frage findet die beste Lösung dann,
wenn unbewusst der Mensch
vor einem Bild,
einem geformten Gegenstand,
in Demut still zu werden vermag,
seine Seele im Bau und Dunkel
hoher Dome schweigend lauscht
und die Musik ihn im Innersten
da und dort angreift.
Dann mag er es gutheißen.
Wir müssen wieder zu unserer Art kommen,
zu jenen Kräften,
die dem inneren und
geistigen Menschen helfen.

Die Geschichte der Menschheit ist die Geschichte der Kunst. In ihrem Ablauf zeigt sich mehr und mehr der Charakter eines geistigen Wagnisses. Die Malerei, ein Art von Bau mit der Kunst. Die verschiedenen Richtungen und Strömungen sind die Ausdrucksfähigkeit im Ablauf der Epochen, die Sprache des inneren Menschen, denen die äußere Welt Wirklichkeit ist, denen sie mit vollem Licht ihrer Farben vor Augen steht. Musik und Dichtung erfassen gleich der Malerei unsere Seele. In den letzten Jahren klingen wie in einer Fuge die Akkorde großer künstlerischer Revolutionen auf. Die Menschheit harrt der Aspekte.

Schweifende Gedanken – auslaufen zu großer Fahrt

Ampel-Anzeigen: es geht um Balken-Diagramme, die nach dem Prinzip von Ampeln, d.h. mit grünen, gelben und roten Anzeigen aufgebaut sind. In dem hier vorgestellten Demo-Beispiel werden folgende Bandbreiten verwendet: 0 – 30 % = rot, 30

– 60 % = gelb, 60 – 90 % = grün, 90 – 120 % = rot (Übererfüllung).

Mit diesen für jedermann verständlichen Übersichten wird bereits auf einen kurzen Blick deutlich, welchen Faktoren der Kultur- und Kreativwirtschaft eine erhöhte Aufmerksamkeit eingeräumt werden sollte und an welchen Punkten gegebenenfalls Schwächen liegen oder Probleme auftreten könnten. Komplexe Sachverhalte können damit für alle beteiligten Akteure trotz ihrer meist sehr unterschiedlichen Informations- und Kenntnisstände transparent kommunizierbar gemacht werden.

Als Maler einer Traumvilla im Süden

Die Ampel-Anzeigen stehen auch nicht isoliert für sich alleine, sondern sollen in ein umfassendes Analyse- und Berichtssystem eingebettet werden. Damit wird gleichzeitig sichergestellt, dass Ampel-Anzeigen auch mit Profil-, Portfolio, Wirkungs- und Potential-Anzeigen immer abstimmfähig bleiben. D.h. auch bei einem Wechsel der Darstellungsform ruht alles immer auf einer identischen Ausgangsbasis, Brüche oder Widersprüchlichkeiten werden vermieden.

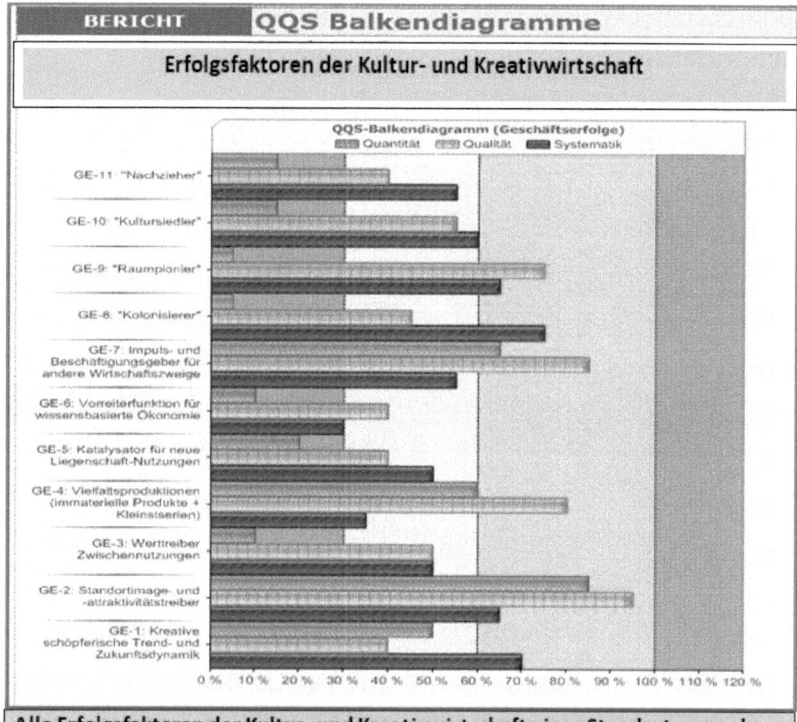

Im dynamischen Netz von Standortfaktoren: alles in Bewegung, alles im Fluss - oft lassen sich zusätzliche Erkenntnisse damit gewinnen, dass ein Faktor nicht immer nur mit einer Blickrichtung und unter einem einzigen Aspekt beurteilt wird

In einer Gesellschaft der Mobilen werden Immobile leicht als Alte, Rückständige oder gar Überflüssige angesehen. Denn alles scheint im Fluss befindlich (selbst das Wissen aufgrund seiner digitalen Überall-Verfügbarkeit). Und für viele scheint ein ungeschriebenes Gesetz zu gelten: Reise immer deiner Verwertbarkeit nach! Deine Ansprüche auf sozialen Aufstieg sind erst durch eine Bereitschaft zum Umzug oder Pendeln (auch über große Distanzen) wirklich berechtigt. Der wahre Held der modernen Arbeiterklasse ist der Berufspendler im ICE (oder gleich im Flieger). Allerdings: in der Realität sieht manches anders aus. Die Sesshaften zählen keineswegs zu einer Minderheit. Die meisten bleiben dort, wo sie schon immer lebten. Umzüge über die Grenzen von Bundesländern hinweg sind eher seltener. Der durchschnittliche Arbeitsweg von Pendlern liegt gerade einmal bei knapp über oder knapp unter (je nachdem ob verheiratet, mit oder ohne Kinder) dreißig Kilometer Strecke. Frauen legen noch kürzere Arbeitswege zurück. Mobilität ist zunächst einmal eine „lebensphasenspezifische Zumutung der modernen Berufswelt". Wer jung ist, muss wandern (besonders wenn er viel verdienen will). Sesshaftigkeit ist nicht ein Merkmal der Verlierer in der Gesellschaft, sondern eher ein Privileg der Unabhängigkeit, ein Merkmal der Besserverdienenden. Je größer auch die Heterogenität der ökonomischen Räume (wie in Deutschland) desto größer auch der aus ableitbare Zwang zur Mobilität

Ganzheitliche Betrachtung in einer Standortbilanz: oft lassen sich zusätzliche Erkenntnisse damit gewinnen, dass ein Faktor nicht immer nur mit einer Blickrichtung und unter einem einzigen Aspekt beurteilt wird. Übernimmt man die Vorgehensweise einer Standortbilanz, können sich neben beispielsweise der bloßen Quantitätsbetrachtung weitere Facetten, nämlich die der Qualität und Systematik, erschließen. Jeder der Standortfaktoren sollte für sich einzeln beurteilt werden. Jeder einzelnen Beurteilung sollte ein möglichst ausführlicher Fragenkatalog vorangestellt werden, mit dem für jeden der Faktoren quasi eine Bewertungs-Checkliste erstellt wird. Wenn in dem System einer Standortbilanz diese Stufe der an jeden einzelnen Faktor zu formulierenden Fragen eingebaut wird, wird damit eine zwangsläufige Auseinandersetzung mit wichtigen Fragen in Gang gesetzt. Wenn jeder der Faktoren einem mehrstufigen Bewertungsprozess unterzogen wird, entsteht ein durchdachtes und anhand konkreter Bewertungsziffern nachvollziehbares Bild des jeweiligen Standortfaktors. Aus solchen zahlreichen Einzelbildern lässt sich eine ebenso konturscharfe wie realitätsnahe Abbildung herstellen.

Rhein-Main-Verflechtungsbeziehungen: der große Ballungsraum Rhein-Main bildet von Frankfurt bis hin nach Mannheim eine zusammenhängende Wirtschafts- und Kulturzone. Ein Wirtschaftsraum orientiert sich an dem ihm innewohnenden Beziehungsgeflecht. Administrativ gesteckte Grenzen spielen im Vergleich hierzu eine eher weniger bedeutsame Rolle. Im Großraum Rhein-Main-Neckar überschneiden sich zwei Metropolregionen, von denen bereits jede für sich gesehen über ein hohes Wirtschaftspotential verfügt. Schlussfolgerung hieraus: die Metropolregionen an Rhein-Main und Neckar können nicht getrennt voneinander gedacht werden. Die räumliche Nähe von Firmen und Einwohnern vernetzt über Kooperationen und persönliche Kontakte die Pendlerräume. Der eng vernetzte Großraum Rhein-Main und Neckar umfasst die Standorte Hanau, Frankfurt, Mainz, Ludwigshafen, Heidelberg, Darmstadt. Südhessen sei weder in die eine noch in die andere Metropolregion so richtig integriert. Darmstadt hat so etwas wie eine Scharnierfunktion zwischen beiden Regionen. In einem solchen Agglomerationsraum wie Rhein-Main-Neckar können Teilregionen nicht mehr isoliert, sondern müssen im Kontext mit der Gesamtregion betrachtet werden. Interdependenzen lassen sich u.a. auch mit dynamischen Wirkungsnetzen von Standortbilanzen darstellen:

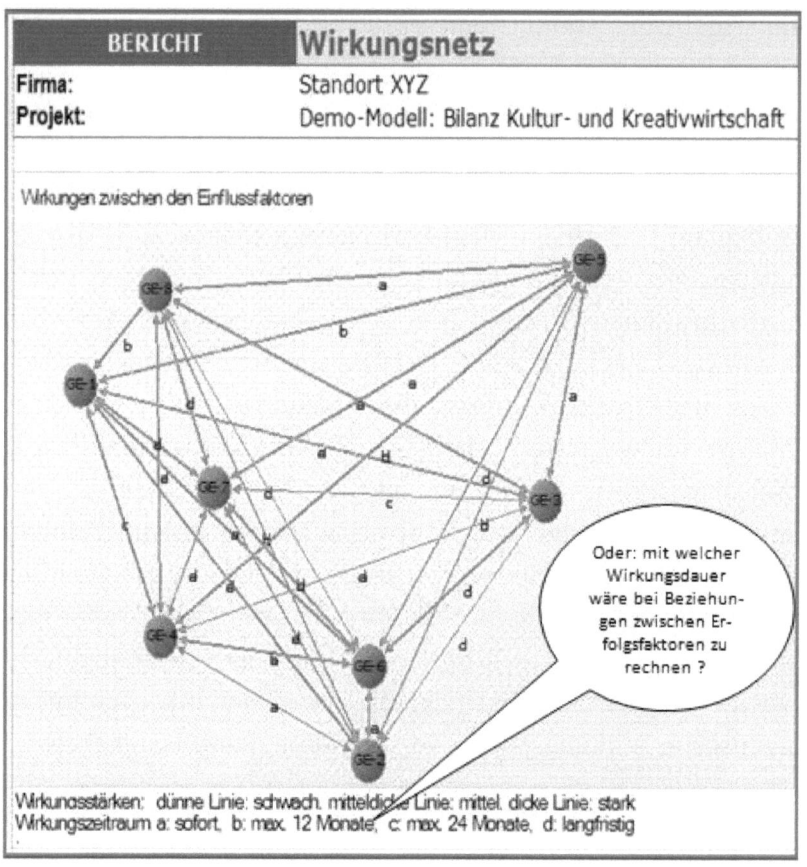

Vor einem wirtschaftlichen Hintergrund geht es um Wertschöpfungsketten, Lieferbeziehungen, Standortentscheidungen Firmen, Standortentscheidungen Haushalte, Unternehmensstrategien, Clusterbeziehungen und Arbeitsmärkte. Bei Erfolgsfaktoren dichter Wirtschaftsräume spricht man u.a. von knowledge spillovers (Austausch von Ideen und Wissen) oder urbanization economics (Agglomeration von Firmen aus verschiedenen Industrien). Der Wirtschaftsraum Rhein-Main-Neckar verfügt über starke Gravitation. Die Agglomerationskräfte innerhalb einer Metropolregion verstärken sich gegenseitig (self reinforcing effects). Dabei entstehende Kostenvorteile werden an die im Wirtschaftsraum vernetzten Firmen weitergegeben. Innerhalb eines durchschnittlichen Fahrzeitpuffers von 50 Minuten gibt es Bereitschaft, zum Arbeitsplatz zu pendeln. Der Rhein-Main-Neckar-Raum weist intensive Pendelbeziehungen auf und bietet damit die Möglichkeit, sich über eine große Fläche hinweg anzusiedeln. Kaum ein anderer Ballungsraum kann auf eine mit der Rhein-Main-Neckar-Region vergleichbare ökonomische Verflechtung verweisen. Über die gemeinsame Nutzung der speziellen Ressourcen einer Metropolregion können Kostenvorteile erzeugt werden und diese wiederum innerhalb des Clusters weitergegeben werden. Das gute Entwicklungspotential der innerhalb der Rhein-Main-Neckar-Region liegenden Standorte ist die eine Seite. Die Ausschöpfung der vorhandenen Potenziale ist die andere Seite, die von den vor Ort verantwortlichen Standortakteuren nicht nur erkannt, sondern konsequent umgesetzt werden müsste.

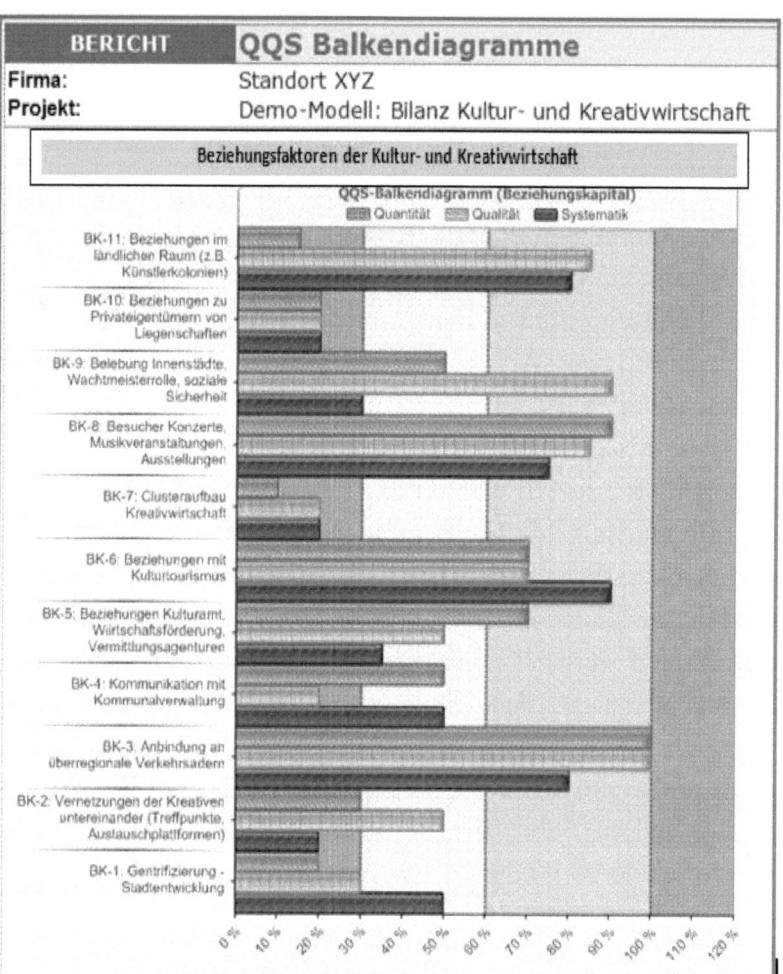

BERICHT **QQS Balkendiagramme**

Firma: Standort XYZ
Projekt: Demo-Modell: Bilanz Kultur- und Kreativwirtschaft

Beziehungsfaktoren der Kultur- und Kreativwirtschaft

QQS-Balkendiagramm (Beziehungskapital)
☐ Quantität ☐ Qualität ■ Systematik

BK-11: Beziehungen im ländlichen Raum (z.B. Künstlerkolonien)
BK-10: Beziehungen zu Privateigentümern von Liegenschaften
BK-9: Belebung Innenstädte, Wachtmeisterrolle, soziale Sicherheit
BK-8: Besucher Konzerte, Musikveranstaltungen, Ausstellungen
BK-7: Clusteraufbau Kreativwirtschaft
BK-6: Beziehungen mit Kulturtourismus
BK-5: Beziehungen Kulturamt, Wirtschaftsförderung, Vermittlungsagenturen
BK-4: Kommunikation mit Kommunalverwaltung
BK-3: Anbindung an überregionale Verkehrsadern
BK-2: Vernetzungen der Kreativen untereinander (Treffpunkte, Austauschplattformen)
BK-1: Gentrifizierung - Städtentwicklung

0 % 10 % 20 % 30 % 40 % 50 % 60 % 70 % 80 % 90 % 100 % 110 % 120 %

Alle Beziehungsfaktoren der Kultur- und Kreativwirtschaft eines Standortes werden aufgrund ihrer Bewertungen jeweils mit ihren drei Dimensionen (Quantität, Qualität, Systematik) nach dem Ampel-Prinzip gegenüber gestellt und verglichen.

Bilder und Gedanken eines ehemaligen Fliegers und Kriegsgefangenen - unser gesamtes Leben ist zwangsläufig riskant, unser Wissen über die Art und Weise, wie die Dinge funktionieren ist in dichte Wolken der Unklarheit gehüllt

Der Kriegsgefangene, ein ehemaliger Flieger aus den Frühzeiten der Fliegerei. Später nach einem Wechsel der Perspektive als Kreativer, der für sich die Freude am Fotografieren und Malen entdeckt und sich diese für sein ganzes Leben bewahrt hat, schöpft aus einem reichen Fundus aus Erlebtem, Erfahrenem, Fotografiertem, Gemaltem. Der Kriegsgefangene, ein Kreativer, der mit einfachsten Mitteln, dessen ungeachtet mit viel innerer Freude und Hingabe die zumeist stillen Schönheiten des Alltäglichen gemalt und fotografiert hat.

Zukunftsahnungen

Der Flieger schrieb:

So dunkelblau
ist dieser Himmel nicht,
als dass er dir nicht leise
in die Seele schnitt,
denn in dem klaren Sonnenlicht
schwingt schon die Ahnung
eines fernen Frostes mit.
Von oben,
wo die farbenlose Helle
sich viele tausend Male
in sich selbst verliert,
stürzt jeder Tag wie eine weiße Welle,
die jedesmal
ein Stück vom Sommer dir entführt.
Ist es so stille,
weil der Wind nicht geht,
ist es nicht,
als seien Freunde heimlich fortgegangen.
Als ob die Blumen,
deren Atem steht,
um letzter Schönheit willen,
still den Tod empfangen.

So gibt es Liebe,
die sich ganz verschwendet,
in immer neuen Farben brennend,
selber sich zerstört.
Und dem Geliebten,
wenn das Fest geendet,
für immer scheidend
ohne Ende angehört.

Unser gesamtes Leben ist zwangsläufig riskant: wovon lassen wir uns leiten, wenn wir eine mit finanziellen Risiken behaftete Entscheidung treffen müssen? Warum setzen unterschiedliche Personen unterschiedliche Summen auf ein und dieselbe Wette? Warum ändern manche ihre Strategie, wenn sich die Einsätze ändern? Wie messen Menschen ihr Risiko? Auf welche Grundlage entscheidet man, ob man überhaupt ein Risiko eingeht oder nicht? Heute setzen bereits Kleinanleger Informationen als selbstverständlich voraus, die noch vor nicht allzu langer Zeit gar nicht oder für große Investoren zugänglich waren. „Unser Wissen über die Art und Weise, wie die Dinge funktionieren, egal ob in der Natur oder in der Gesellschaft, ist in dichte Wolken der Unklarheit gehüllt". Niemand kann es sich leisten, die Existenz von Risiken außeracht zu lassen. Man muss Risiken verstehen lernen, um besser mit ihnen umgehen zu können. Finanzielle Risiken belegen dabei eine Sonderrolle. Während sich viele Aspekte des täglichen Lebens eher langsame und manchmal sogar auf vorhersehbare Weise ändern, kann sich die Lage auf den Finanzmärkten von einem Augenblick auf den anderen radikal verändern oder sogar umkehren. Anders als meist im täglichen Leben ist dabei dann die Vergangenheit kein guter Ratgeber. Zumindest kein verlässlicher (sondern ein riskanter) Ratgeber. Risiko ist eine subtile, sich jederzeit verändernde Größe, die selbst bei gleichem Sachverhalt für verschiedene Personen durchaus unterschiedlich sein kann. Selbst, wenn zwei Anleger die gleiche Investitionsentscheidung treffen und 100 Aktien der Firma XY kaufen, können sie hierfür sehr unterschiedliche Gründe und Motive haben. Wir tun uns fast immer schwer, adäquat mit Risiken umzugehen. Passivität ist ebenso mit Risiko verbunden wie Aktivität. Der Kern für ein persönliches Risikomanagement liegt vielleicht darin, einen vernünftigen Ausgleich zwischen Aktivität und Passivität herzustellen.

Selektiv wahrnehmen, schneller entscheiden: die Informationsschwemme vorsortieren, um deren Komplexität zu reduzieren

Nach wissenschaftlich belegten Erkenntnissen haben mit Informationen zugeschüttete Menschen Probleme, diese zu verarbeiten (selten vollständig und nicht fehlerfrei). Aber das menschliche Gehirn verfügt über eine geniale Eigenschaft, um das alles was in der Informationsgesellschaft tagtäglich auf sie einstürmt zu bewältigen: es sortiert die Informationsschwemme vor und reduziert dadurch zunächst einmal deren Komplexität. Unbewusst werden bereits bekannte oder gezielt gesuchte Aussagen vorgezogen, da diese schneller eingeordnet und ausgewertet werden können. Zu neue oder zu komplexe Daten und Details werden, wenn sie mit dem eigentlich Wichtigen nicht zu tun haben, erst einmal übergangen. So funktioniert das Prinzip der selektiven Wahrnehmung. Für jeden Cluster der Kultur- und Kreativwirtschaft, d.h. Geschäftsprozesse, Erfolgsfaktoren, Humanfaktoren, Strukturfaktoren und Beziehungsfaktoren, sind somit spezielle Standort-Ampeln aufgebaut worden, über die der Verkehr sehr gezielt geregelt werden kann:

ID	Kreativwirtschaft-Faktor	Quantität Im roten Ampel-Bereich	Qualität Im roten Ampel-Bereich	Systematik Im roten Ampel-Bereich
GP-1	Architekturwirtschaft, Geschäftsprozesse			
GP-2	Bücherwirtschaft-Geschäftsprozesse	X		X
GP-3	Darstellende Kunst-Geschäftsprozesse			
GP-4	Designwirtschaft-Geschäftsprozesse		X	X
GP-5	Filmwirtschaft-Geschäftsprozesse	X	X	
GP-6	Kunstmarkt-Geschäftsprozesse	X		
GP-7	Musikwirtschaft-Geschäftsprozesse	X		
GP-8	Pressewirtschaft-Geschäftsprozesse	X		X
GP-10	Software-/Gameswirtschaft-Geschäftsprozesse	X	X	X
GP-11	Werbewirtschaft-Geschäftsprozesse			X
GE-1	Kreative, schöpferische Trend- und Zukunftsdynamik			
GE-2	Standortimage und -attraktivitätstreiber			
GE-3	Werttreiber Zwischennutzungen	X		
GE-4	Vielfaltsproduktion (immaterielle Produkte, Kleinstserien)			
GE-5	Katalysator für neue Liegenschaftnutzungen	X		
GE-6	Vorreiterfunktion für Wissensbasierte Ökonomie	X		X

Andere, die vielleicht sämtliche Sinneseindrücke wie ein Schwamm aufsaugen, haben oft das Gefühl von lautem Lärm, Licht oder sonstigen Eindrücken total überfordert zu werden. Denn das Positive an der selektiven Wahrnehmung ist ihre Hilfe, schneller an das Ziel zu kommen, wann man sich auf weniger Informationen beschränkt. Indem man zu Faustregeln greift, um Informationen besser auszuwerten und zu verstehen, können auch Entscheidungen flotter getroffen werden. Die andere Seite dabei ist die Gefahr einer zu starken Vereinfachung. Indem vor allem nur das wahrgenommen wird, was ohnehin schon bekannt ist, werden abweichende Meinungen und Gedanken übergangen und man lebt früher oder später in einer Art von Filterblase. D.h. je stärker man komplexe Themen vereinfacht desto eher kann man zu falschen Schlussfolgerungen kommen. Und das umso eher, je emotionaler man in das Thema verstrickt ist. Oft werden auch jene Informationen überbewertet, die am einfachsten verfügbar sind. Wodurch der Blick für das Ganze verlorengehen kann.

ID	Kreativwirtschaft-Faktor	Quantität Im **roten** Ampel-Bereich	Qualität Im **roten** Ampel-Bereich	Systematik Im **roten** Ampel-Bereich
SK-3	Tanzschulen	X	X	X
SK-4	Museen, Galerien			X
SK-5	Kleinkunstbühnen, Puppentheater			
SK-6	Bibliotheken, Archive			
SK-7	Vergnügungs-, Naturparks Kinos			
SK-8	Liegenschaften im Umbruch			
SK-9	„Trüffelschwein" Strukturfaktoren	X		X
SK-10	Komplementärnutzungen			
SK-11	Kulturraum für Bürger und Touristen			
BK-1	Gentrifizierung Stadtentwicklung	X	X	
BK-2	Vernetzung der Kreativen (Treffpunkte, Austauschplattformen)	X		X
BK-3	Anbindung an überregionale Verkehrsadern			
BK-4	Kommunikation mit Kommunalverwaltung		X	
BK-5	Beziehungen Kulturamt, Wirtschaftsförderung, Vermittler			
BK-6	Beziehungen Kulturtourismus			
BK-7	Clusteraufbau, Bündelung Kreativwirtschaft	X	X	X
BK-8	Besucher Konzerte, Musikveranstaltungen, Ausstellungen			

Mit solchen Übersichten kann schnell deutlich gemacht werden, an welchen Stellen aufgrund der Ampel-Anzeigen gegebenenfalls eingegriffen oder eine erhöhte Aufmerksamkeit wirksam werden sollte.

Antipoden Malerei und Fotografie als Vor- und Begleitgeschichte des Fliegers - Bodenschätze im digitalen Königreich, Informationslärm in digitaler Meinungswelt

'

Nach seiner Entlassung aus der Gefangenschaft war der Fotoapparat sein treuer Begleiter. Trotz der durchlebten schweren, düsteren Zeiten sind seine Bilder, fotografiert oder gemalt, ohne Bitternis. Die Freude am Fotografieren war für ihn, den einst Gefangenen, die Mutter der Freude am Malen, die Linse der Kamera eröffnete ihm neue Möglichkeiten, die Welt mit anderen Augen zu sehen. In der Nachkriegszeit ein Geschenk an jene, die sich öffneten, indem sie sich den Blick für die kleinen und im ersten Moment unscheinbar scheinenden Dinge bewahrt hatten. So entdeckte der Flieger seine Freude am Fotografieren zu einer Zeit, als Fotografieren noch nicht zum alltäglichen Hausgebrauch für jedermann zählte. Als es noch gut und gerne ein oder zwei Stunden dauern konnte, bis man sich entschloss, den Auslöser zu drücken. Als man alle jene Dinge, die heute ein Computer-Chip erledigt, noch selber tun musste. Als man sich noch überlegte, ob ein Foto samt seiner Entwicklung noch im Taschen- oder Haushaltsgeld drin sein könnte.

So fotografierte er die Welt und ihre Nebensächlichkeiten mit den Augen eines Malers und malte sie mit den Augen eines Fotografen. Nach vielen heutigen Vorstellungen vielleicht mit Naivität, aber immer mit der Naivität eines sich Freuenden. Eben Bilder ohne Anspruchsdenken.

Die Malerei kann erfinden, verschönern und idealisieren. Die mechanische Fotografie dagegen vermag nur die profane Wirklichkeit in all ihrer Unvollkommenheit zu verdoppeln. Malerei und Fotografie stehen in gewisser Weise in Konkurrenz zueinander. Doch realistisch betrachtet gelten beide Medien wohl als gleichberechtigt. „Die bloße Ähnlichkeit von Motiven sagt aber noch nichts über die lange und wechselvolle Beziehungsgeschichte beider Medien". Denn Fotografie und Malerei verschmelzen miteinander zu einer Verbindung aus Kamerablick und Malerauge. Dem Flieger dienten Fotografien als Erinnerungshilfen, um während des Malens die vielen Details immer vor Augen zu haben. Die Bilder des Fliegers dokumentieren, wie sehr die eigentliche profane Fotografie zum integralen Bestandteil der malerischen Idealisierung geworden ist. Malerei und Fotografie haben sich bei dem Flieger nicht durch bloße Imitation der jeweils anderen Seite entwickelt, sondern in einem Verhältnis wechselseitiger Beobachtung, Anverwandlung und Kritik. Indem jede der beiden Fähigkeiten des Fliegers von der jeweils anderen profitierte: der Fotograf soll die Skizze des Malers in ein Foto umsetzen, das seinerseits wieder als Vorlage für den Maler dienste. Bei den Werken des Fliegers verwischten sich die Eigenheiten beider Medien.

Gegenwelt zur digitalen - ob sich die Welt noch mit ihm als Person dreht? Google, Facebook, Internet & Co. haben mittlerweile solche Ausmaße angenommen und Menschen mit Beschlag belegt, dass gestresste Manager, ITler, Konsumflüchtlinge u.a. mittlerweile beginnen, sich nach Freiräumen und Auszeiten hiervon zu sehnen und einen Traum der sogenannten „Digital Detox Camps" leben wollen. Ohne What´s App, E-Mails, ohne Tastaturgeklapper, Nachrichten-Plings. Der überwiegende Teil aller Smartphonebesitzer meint, ohne ihr Handy nicht mehr leben zu können, schaltet ihr Handy alle zwölf Minuten und damit etwa 80mal am Tag an. Jede noch so kleine Pause wird vom Griff zum Handy begleitet. Im Hintergrund immer die unbestimmte Angst, vielleicht etwas zu verpassen oder den Anschluss zu verlieren. Bis hin zur unausgesprochenen Frage, ob sich die Welt noch mit mir als Person dreht? Die permanente gedankliche Beschäftigung mit Medien der digitalen Welt führt leicht zu Entzugssymptomen, wenn diese plötzlich nicht mehr zur Verfügung stehen sollte. Schon ein kleines Funkloch wäre eine mittlere Katastrophe. Mentale Fitness wird sich auf Dauer nur erhalten lassen, wenn sich die digitale Flut eindämmen lässt, d.h. die digitale zur realen Welt in Balance gehalten wird. Trotz noch so riesiger Datenmengen scheint es aber ein Missverhältnis von Informationsfülle und Wissensdefizit zu geben. Wir tasten uns auf einem Berg von Daten durch ein Gelände, das wir nicht kennen. Einerseits sind wird geradezu auf Gedeih und Verderb auf elektronische Maschinen zur Informationsverarbeitung angewiesen: Andererseits beschleicht uns nur zu oft das Gefühl, das wir über die Welt, in der wir uns bewegen, zu wenig wissen.

Das Recht auf Vergessenwerden und das Streben nach Gefundenwerden – Informationspartikel und Datenraster – Willenlose Kauf- und Konsummaschinen – Datenuniversum kreiert neue Geschäftsmodelle – Sieg und Platz in den Ergebnislisten der Suchmaschinen – Entdeckung der Zukunft im Gewesenen – Algorithmengesteuerte Suchroboter und Absauger. Alle (berechtigte) Kritik an Suchmaschinen geschieht vor dem Hintergrund, dass Inhalte diesen meistens freiwillig überreicht werden: oft wird versucht, diese möglichst windschlüpfrig in die Algorithmengerüste der Suchroboter einzupassen. Gleichzeitig wird das Recht auf Vergessenwerden eingefordert, das kostenlose Absaugen von Daten bis hin zur Manipulation von Suchergebnissen angeprangert. Auf der einen Seite die Ängste, dass aus Informationspartikeln Datenraster erwachsen, weiter zu unentrinnbaren Netzen versponnen werden und Menschen dadurch zu willenlosen Kauf- und Konsummaschinen reduziert werden. Auf der anderen Seite die manchmal schon krankhafte Sucht, im Orbit des Internet nicht vergessen, sondern auf möglichst vorderen Plätzen der Suchergebnisse wahrgenommen zu werden: denn nur so können aus dem unendlichen Datenuniversum heraus neue Geschäftsmodelle entstehen. Suchmaschinen sollen nach dem Willen der Internetgemeinde also keinesfalls verschwinden (man will ja gefunden und beachtet werden), sondern allenfalls so algorithmengesteuert arbeiten, dass die eigenen Profile noch heller und in einem maximal günstigen Licht erscheinen. Je weiter aber die Exploration von Daten ungehindert voranschreitet, desto wertvoller werden die dabei abgesaugten Datensätze, desto eher entdecken die von allen so geliebten Suchmaschinen im Gewesenen vielleicht doch das bereits Zukünftige: desto mehr werden die neuen Bodenschätze der digitalen Revolution vielleicht zum unkontrollierten Machtfaktor.

Informationsschwemme, Verarbeitungskapazität und Gleichzeitigkeit: mancher mag sich vor diesem Hintergrund die Frage stellen, ob eine Informationsgesellschaft an zu vielen Informationen ersticken kann: was einst mit Lust am Experiment mit Digitalem begann hat mit großer Wucht Lebensgewohnheiten ganzer Gesellschaften verändert. Greifbares gegen Flüchtiges, Qualität und Gründlichkeit gegen möglichst schnell Dahingeworfenes. Medial betrachtet ist bereits alles mehr oder weniger digital: noch nie konnten (durften) sich Autoren auf so vielfältige Weise mitteilen, komplexe Zusammenhänge ließen sich noch nie so anschaulich (Grafiken, Bilder, Videos, Animationen) darstellen. Die Angebotsexplosion dieser Vielfalt geht einher mit Gleichzeitigkeit: der Austausch von Wissen beschleunigt sich auf fast Lichtgeschwindigkeit. Wenn Informationen allein aufgrund ihrer schier unfasslichen Menge zu einer Art von Abfall geworden sind, weiß man kaum noch, was damit zu tun ist. In einer Welt, in der in digitalen Netzwerken alle Aspekte gleichzeitig vorhanden und sofort abrufbar sind, in der jedermann sich seine eigenen Informationskanäle selbst konfiguriert, ist ein Kampf um Aufmerksamkeit entbrannt. Was nützen sorgfältige Recherchen, gut aufbereitete Informationen, durchdachte Auswertungen u.a., wenn sie sich in all dem Informationslärm des Online-Kosmos kein Gehör verschaffen können?

Informationszyklen werden kürzer und kürzer: wenn hierbei nur noch in Sekundenbruchteilen gedacht wird, dürfte das Ergebnis Print versus Online bereits vorher feststehen. Allerdings auch mit erheblichen (oft sehr schlechten) Nebenwirkungen. Die digitale Revolution lässt sich nicht mehr umkehren: trotzdem laufen viele durch das Leben, als sei die Welt noch immer die alte. Die Schattenseiten dieser über alle hereinbrechenden Informationsschwemme: sie verzehrt Kräfte und lenkt Aufmerksamkeit ungefiltert in zahllose, teilweise auch fragwürdige Kanäle. Es schwinden Fähigkeit und Möglichkeiten des Einzelnen, derartige Informationsmengen zu beherrschen und zu verarbeiten: „das Immunsystem gegen Informationen scheint zusammengebrochen und funktioniert allenfalls noch eingeschränkt".

Wirkungsanzeigen: auf Stärke und Dauer kommt es an – es braucht eine Kunst, die Zeichen der Zeit zu lesen, um Muster erkennen und messen zu können

Die zuvor festgestellten Faktoren der Kultur- und Kreativwirtschaft des Standortes stehen nicht für sich alleine, sondern in mehr oder weniger engen Beziehungen zueinander. Wenn sich einer der Faktoren ändert, so hat dies auch nicht nur Auswirkungen auf Faktoren, mit denen er selbst in einer direkten Beziehung steht. Zusätzlich üben die von ihm beeinflussten Faktoren ihrerseits wiederum weitere Wirkungen auf weiter entfernte Faktoren aus. Zudem verlaufen die von einer Faktoränderung ausgehenden Wirkungen nicht nur in einer Richtung, sondern beeinflussen den auslösenden Faktor selbst durch entsprechende Rückkoppelungseffekte.

Da zumindest theoretisch gesehen (und wohl auch ähnlich in der Realität) jeder Faktor mit jedem Faktor sowohl direkt als auch indirekt wirkungsmäßig verknüpft ist, hat man es mit einem zunächst unentwirrbar scheinenden Knäuel von Wirkungsbeziehungen zu tun. Als ob dieses noch nicht genug wäre, kommt weiter die ebenfalls zu berücksichtigende Zeit hinzu. Nicht nur dass jede Wirkung in ihrer Stärke und Rückkoppelung unterschiedlich verlaufen kann, auch die Zeitdauer bis zu ihrem Wirksamwerden ist oft sehr verschieden. Im Rahmen der Überlegungen für eine eigene Bilanz der Kultur- und Kreativwirtschaft des Standortes soll daher versucht werden, diese unübersichtliche Unordnung in ein einfacher zu verstehendes und damit transparentes System zu bringen.

Alle Stärken einer Wirkungsbeziehung sollen daher nach dem Schema: 0 = keine Wirkung, 1 = schwache Wirkung, 2 = mittlere Wirkung und 3 = starke Wirkung diskutiert und vereinfacht analysiert werden. Die Zeitdauer, nach der die Wirkung einer Änderung wahrscheinlich eintreten wird soll daher nach dem Schema: a = sofort bis d = langfristig (> 24 Monate) diskutiert und analysiert werden.

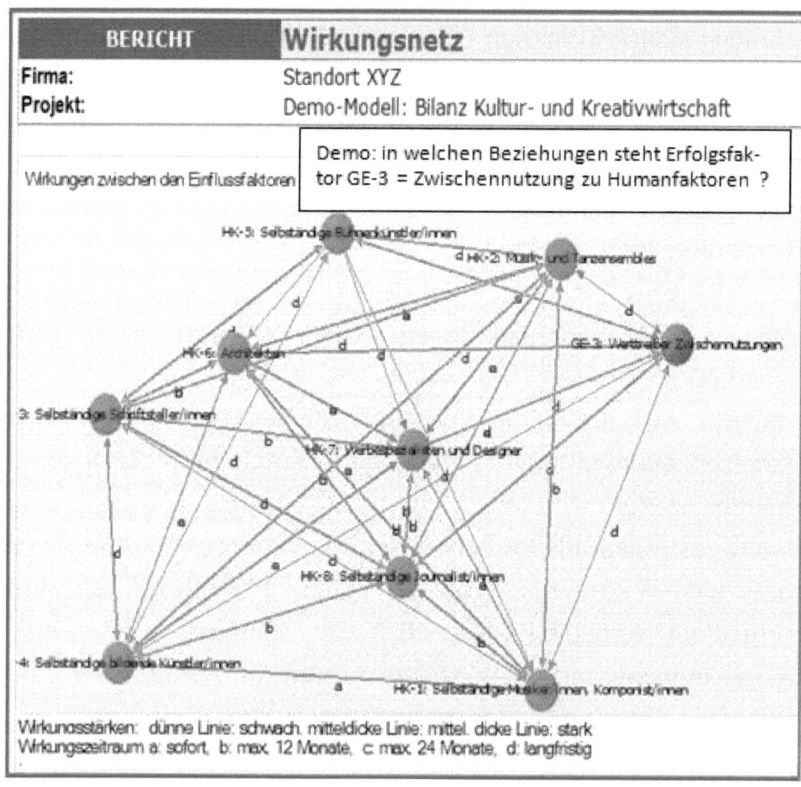

Informationsgewinne gezielt ausschöpfen: Was hier im Rahmen einer Bilanz für die Kultur- und Kreativwirtschaft eines Standortes vorgestellt wird, sind lediglich Instrumente, mit denen man komplizierte Sachverhalte darstellen und vor allem auch systematisieren kann. Als Kommunikationsplattform ist die Darstellungsweise für jedermann versteh- und nachvollziehbar. Informationsgewinne lassen sich vor allem dann erzielen, wenn man den Bereich theoretischer Verknüpfungsmöglichkeiten nicht bis zur Grenze ausschöpft, sondern sich stattdessen ganz gezielt auf bestimmte, meistens dringend anstehende Fragestellungen konzentriert. Diese sind von Quartier zu Quartier innerhalb eines Standortes oder von Standort zu Standort innerhalb einer Region unterschiedlich. In Form des hier anstehenden fiktiven Demo-Beispiels könnten solche Fragen vielleicht sein:in welchen Beziehungen steht der Erfolgsfaktor GE-3 = Werttreiber von Zwischennutzungen zu den übrigen Faktoren der Bilanz? Mit welcher Zeitdauer wirkt der Beziehungsfaktor BK-1 Gentrifizierung – Stadtentwicklung auf die übrigen Faktoren der Bilanz?

Kunst, die Zeichen der Zeit zu lesen – Muster erkennen und messen: rechenbar aber nicht vorhersagbar – Gesetz der großen Zahlen –Input für digitale Datenwelten - Datensammlung auf Verdacht – Unermesslich große Datenräume ohne Anonymität. In der globalisierten Welt hängt alles mit allem Zusammen: Menschen-, Verkehrs-, Geld-, Medien-, Rohstoff- und Datenströme. Diese vernetzte Welt befindet sich im ständigen, scheinbar immer schnelleren Wandel sowohl durch innere als auch durch äußere Einflüsse. Eine computergesteuert Welt der Internetkonzerne, Versicherungen, Banken und anderen Unternehmen ist im vollen Gange. Big Data verhilft dem Gesetz der großen Zahlen zur Geltung. Während bei Einzelereignissen nicht immer feststeht, was denn nun geplant und was denn nun Zufall war, lassen sich mit großen Datenmengen doch vielfältige Muster und Gesetzmäßigkeiten beobachten und messen. Wo es nur geht, wird versucht, Wahrscheinlichkeiten auszurechnen, die Macht des Zufalls auszuhebeln. Computerpower versucht herauszufinden, was der Trend und Markt von morgen sein könnte. Umso erstaunlicher, dass niemand die Finanzkrise von 2008 vorausgesehen hat. Und dies obwohl beispielsweise Banken ihre Risikomodelle mit schier unfassbaren Datenmengen füttern. Mit Wirkungsnetzen soll hier immer nur deren Arbeitsweise illustriert werden, d.h. es geht nicht um die Abbildung eines realen Geschehens. Wenn aber ein solches Instrument im konkreten Anwendungsfall eingesetzt werden sollte, so kann allen die einmal intensive Diskussion der anstehenden Verknüpfungsfelder Zusammenhänge offenlegen, an die zuvor nicht gedacht oder die aufgrund ihrer Unübersichtlichkeit vielleicht übersehen wurden.

Firma: Standort XYZ

Projekt: Demo-Modell: Bilanz Kultur- und Kreativwirtschaft

Demo: mit welcher Zeitdauer wirkt Beziehungsfaktor BK-1 Stadtentwicklung – Gentrifizierung auf Strukturfaktoren ?

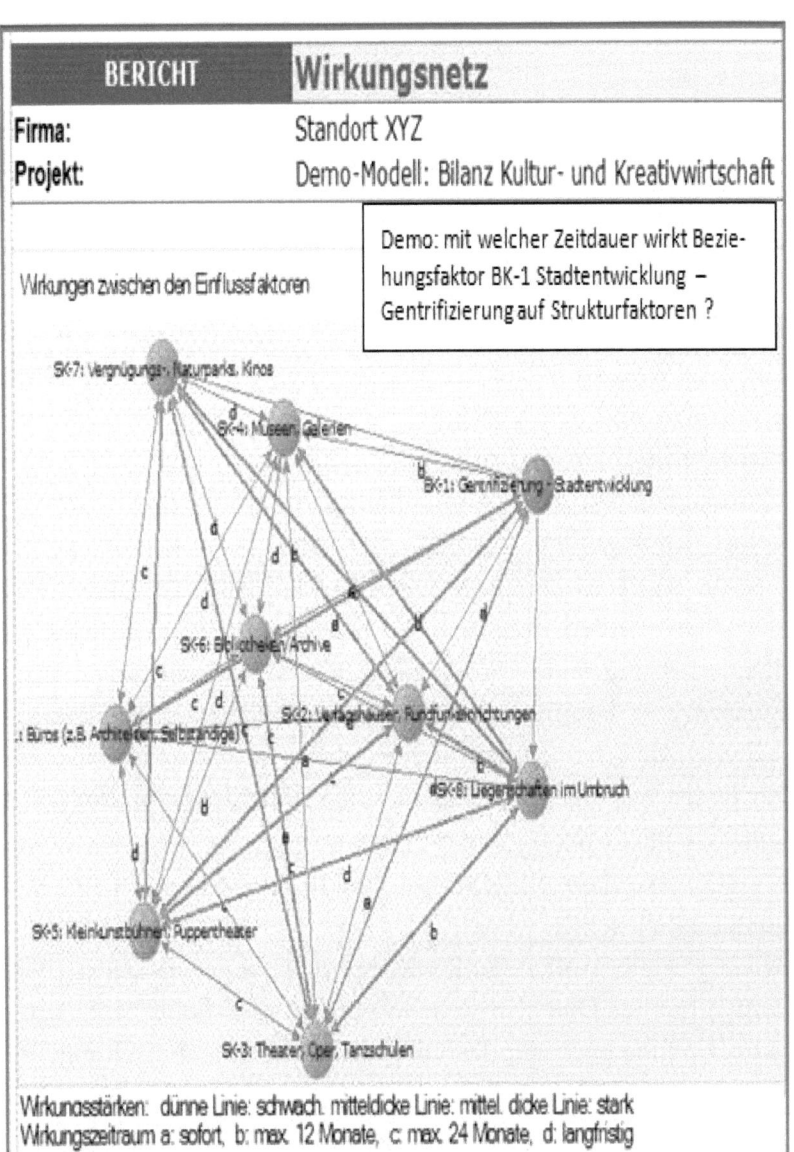

Wirkungen zwischen den Einflussfaktoren

Wirkungsstärken: dünne Linie: schwach. mitteldicke Linie: mittel. dicke Linie: stark

Wirkungszeitraum a: sofort, b: max. 12 Monate, c: max. 24 Monate, d: langfristig

Verstrickt im Geflecht aus Daten: die Welt, wie sie sein wird, vermag man selbst mit noch so hochkomplexen Modellen nicht abzubilden. Vermutete Wirkungszusammenhänge müssten radikal vereinfacht werden, um sie einigermaßen realitätsnah darstellen zu können. Big Data macht zwar fast alles irgendwie rechenbar, aber deswegen den Lauf der Dinge noch längst nicht (und schon gar nicht genau) vorhersagbar, „Auch im Informationszeitalter bleibt es eine Kunst, die Zeichen der Zeit zu lesen". Auf dem Weg zum Ziel der Vorhersehbarkeit als Quelle für Innovationen und Wertschöpfung strebt man sowohl nach einer Verbesserung der Algorithmen als auch nach immer neuen Erschließungen von immer reichhaltigeren Datenbergen. Demographie, Kaufverhalten, persönliche Interessen, soziale Verbindungen: alles ist willkommener Input für die digitale Welt. Menschen werden immer mehr verstrickt in ein Geflecht von Datenerfassung und –verknüpfung. Da datengetriebene Innovationsprozesse kontinuierlich weiter entwickelt werden und sich in immer kürzeren Zeitabständen zu übertreffen versuchen, werden Daten auch auf Verdacht gesammelt und gespeichert: was heute vielleicht noch keinen direkt ablesbaren Wert hat, könnte ja vielleicht schon morgen von hohem Nutzen sein. Ohne dass Nutzer noch selbst wissen oder gar verstehen, was mit ihren Daten geschieht oder vielleicht morgen dann geschehen wird, werden hieraus Datenberge in schier unermesslicher Höhe angehäuft. Einfach auch nur deshalb, weil es eben technisch machbar ist. Immer komplexere Modelle verwenden Methoden und Verfahren aus Informatik, Statistik, Numerik und anderen mathematischen Disziplinen.

Die bildhafte Sprache des Fliegers:

Im Rahmen des Beziehungsgeflechts von Faktoren der Kultur- und Kreativwirtschaft ließe sich so ziemlich jede nur denkbare Fragestellung abarbeiten

Beispielsweise: der Markt für darstellende Künste wird zu einem großen Teil von einem sowohl öffentlichen als auch privaten Theatersektor geprägt. Zum kommerziellen Theater gehören u.a. Tournee-Theater, Musical-Theater, selbständige Theaterautoren, selbständige Bühnen-, Film-, Rundfunkkünstler und Artisten, Kleinkunstbühnen, Varietés, Theater-Ensembles, Theaterbetriebe, Zirkusbetriebe, Puppentheater. Tanzbetriebe und –schulen, bühnentechnische Betriebe. Der darstellende Kunstsektor beruht u.a. auf folgenden Faktoren: ca. 10.000 selbständige Unternehmen, Umsatzvolumen beträgt ca. 2 Milliarden Euro, ca. 11.000 sozialversicherungspflichtig Beschäftigte, ca. 9.000 selbständige Bühnenkünstler, ca. 60 % des Teilmarktumsatzes wird von Kleinstunternehmen erbracht. Auch wenn sich Theater als Unternehmen verstehen und wirtschaftlich agieren müssen, sollte man die darstellenden Künste nicht nur unter wirtschaftlichen Gesichtspunkten bewerten. Denn dazu haben Theater und Tanz über das reine Wirtschaften hinaus noch viel zu wichtige gesellschaftliche Funktionen.

Kreative	Umsatz/Wertschöpfung
Ca. 10.000 selbständige Unternehmen Ca. 9.000 selbständige Bühnenkünstler	Innerhalb der Gesamtbranche Kultur- und Kreativwirtschaft ist dies mit ca. 2 % Umsatzanteil der kleinste Teilsektor Umsatzvolumen ca. 2 Milliarden Euro
Marktstruktur	**Tätigkeitsmerkmale**
Es gibt eine große Formenvielfalt	Ca. 60 % des Teilmarktumsatzes wird von Kleinstunternehmen erbracht

Der Markt für darstellende Künste ist hinsichtlich seiner Wertschöpfungsketten schwer zu durchschauen und ist im Vergleich mit anderen Branchen hinsichtlich seiner wirtschaftlichen Aspekte daher auch nur schwerer zu analysieren. Zudem ist eine Vielzahl von Einrichtungen von öffentlicher Förderung abhängig und daher auch sehr stark im öffentlichen Bereich verankert. Privatwirtschaftliche Aspekte sind daher oft eng mit solchen der öffentlichen Hand verwoben. Der Arbeitsmarkt der darstellenden Künste wird gekennzeichnet durch: hohe Flexibilitätsanforderungen, unstete Erwerbsbiografien, hohe Arbeitslosenquote (> 20 %), befristete Beschäftigungsverhältnisse, Mehrfachbeschäftigungen, geringes Einkommensniveau, starke saisonale Beschäftigungsschwankungen.

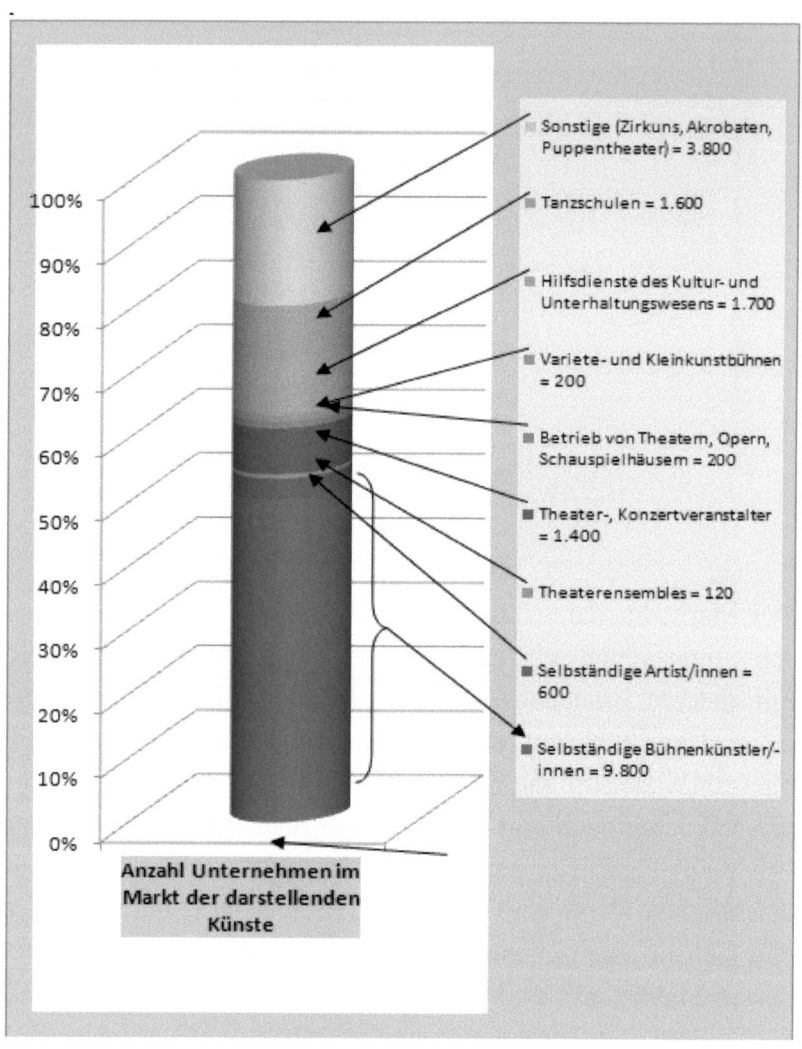

Designwirtschaft für Funktionalität und Ästhetik: zum Kern der Designwirtschaft zählen Industriedesign, Produkt-/Grafik-/Modedesign, Kommunikationsdesign/Werbegestaltung, Interior-Design und Raumgestaltung. In der Designwirtschaft gibt es ca. 40.000 selbständige gewerbliche Unternehmen und freiberufliche Büros. Die Designwirtschaft stellt ein ebenso stark fragmentiertes Wirtschaftsfeld dar und zählt zu wichtigen Treibern der Kultur- und Kreativwirtschaft. Designer werden an ca. 75 Hochschulen und Akademien in Deutschland ausgebildet. Es wird für die Bereiche Produkt-, Industrie-, Grafik-, Mode-, Medien-, Kommunikations- und Fotodesign qualifiziert. Designer haben einen großen Anteil am Erfolg international bekannter Marken, die Kunden vor allem durch ihren Wiedererkennungswert von ihrer Stärke überzeugen. Vor dem Hintergrund eines dramatischen Wandels von Kommunikations- und Konsumgewohnheiten der Kunden wurden im Rahmen der bereits erwähnten Branchenhearings eine Reihe von für den Wirtschaftszweig wichtigen Herausforderungen genannt, u.a.: Marktveränderungen durch neue Technologien, Plagiate, demografischer Wandel, Anerkennung von Design als Wirtschaftsfaktor. Ganz gleich, ob man es nun Design nennt oder nicht: gestaltet wird immer, egal ob bewusst oder unbewusst. Design ist dabei nicht nur auf Produkte eingeengt, sondern umfasst ebenso Dienstleistungen, Umgebungen und Kommunikation. Grundsätzlich gesprochen heißt Design damit, einer Idee Gestalt, Struktur und Form zu geben. Design soll damit auch unternehmerische Identität visualisieren, in Produkte packen und in Kommunikation bringen. Unbestritten ist, dass die Designwirtschaft einen Mehrwert für die Wirtschaft insgesamt leistet.

Achtzig Prozent der umweltrelevanten Entscheidungen für ein neues Produkt werden im Designprozess getroffen. Es kommt also auch darauf an, wie Designer auf den Klimawandel und das Ressourcenproblem reagieren. Die demografische Entwicklung macht auch eine neue Orientierung des Designs notwendig. Die Designwirtschaft muss dazu beitragen, den in der Gesellschaft stattfindenden Wertewandel sichtbar und erlebbar zu machen. Hierzu werden seitens der Designwirtschaft eine Reihe von Dienstleistungen angeboten, beispielsweise: Produktgestaltung, Ergonomie, User Interface Design, Design Management, Material Design oder Trend Research. Die von vielen zu Recht beklagte zunehmende Anonymität und Beliebigkeit von Produkten hat ihre Ursache nicht zuletzt im Designbereich, der in seiner Kreativität mehr und mehr von kurzlebiger Marktforschung und dem daraus resultierenden Einheitsdesign beschränkt wird. Die Designwirtschaft sieht ihre Aufgabe darin, Produkte nützlich, benutzbar und begehrenswert zu machen. Dabei kann Design sowohl als Handwerk als auch als eine Art Kunst gesehen werden. Designorientierte Unternehmen erzielen oft mehr Umsatz und Rendite als andere vergleichbare Unternehmen. Design versteht sich als die Gestaltung der guten Form aus einer Kombination von Materialehrlichkeit, Funktionalität und Ästhetik.

Filmwirtschaft – Erfolge im Wechsel mit Misserfolgen: die deutschen Studios können auf eine gut ausgebaute Infrastruktur mit einem Talent-Pool gut ausgebildeter und erfahrener Filmcrews verweisen. „Above the Line-Costs" = Kosten der Kreativen, Schauspieler, Regisseure u.a. sind überall gleich und damit standortunabhängig. „Below the Line-Costs" = gewerbliche Kosten beispielsweise für Kulissenbau sind an Standorten mit niedrigeren Lohnkosten günstiger. Um im Wettbewerb um internationale Produktionen bestehen zu können, müssen am Standort auch „Visuell Effects" möglich sein, weil die Filmproduktion zunehmend von solchen beeinflusst wird. Bei der Herstellung von Filmen nimmt der Zeitdruck weiter zu. Deshalb müssen auch Voraussetzungen und die notwendigen Kompetenzen vor Ort für ein Parallel-Drehen gegeben sein. D.h. während der Regisseur seinen Film dreht, muss er in der Lage sein, gleichzeitig „Virtuell Effects" mitzugestalten. Im Zusammenhang mit Filmförderungen sind das Filmförderungsgesetz (FFG) und die Filmförderungsanstalt (FFG) von Bedeutung. Die hierin verankerten Grundgedanken gelten auch für regionale Förderungen. Im Hinblick auf die Arbeit am Set unterscheidet sich diese nur wenig zwischen Spielfilm und Fernsehen. Probleme sind u.a.: Digitalisierung des Films, „Raubkopien", Urheberrechtsverletzungen, Verbesserung der sozialen Stellung und Absicherung der Filmschaffenden. Im Wege der Digitalisierung steht auch die Filmwirtschaft vor einer Reihe neuer Herausforderungen, u.a.: Entwicklung neuer Distributionsmodelle, zügige Erteilung von Drehgenehmigungen, Vereinheitlichung der Antragstellung für Drehgenehmigungen, bessere Vernetzung mit Behörden. Vor dem Hintergrund begrenzter Budgets und einer Verknappung der Drehtage ist die jeweilige Produktionsdauer von zahlreichen externen Bedingungen abhängig (so kann an manchen Orten nur an Wochentagen gedreht werden, z.B. bei Banken, Flughäfen, Kliniken). Sowie: höhere Wertschätzung der Arbeit mit angemessener Honorierung, Erfolgsphasen wechseln mit Misserfolgsphasen.

Galerie, Museum oder alternative Szene: im Bereich Kunstmarkt beträgt der Umsatz etwa 2 Milliarden Euro, wovon grob betrachtet in etwa ein Drittel auf jeweils bildende Künstler, Kunstausstellungen oder Kunsthandel entfallen dürfte. Hinsichtlich der Unternehmenstypen verteilen diese sich –ohne Künstler und Kunsthandel- zu 15 Prozent auf Großunternehmen, zu 35 Prozent auf kleine und zu 40 Prozent auf Kleinstunternehmen. Bei Galerien wie auch den meisten Künstlern handelt es sich vorwiegend um Ein-Mann-Unternehmen. Die Struktur des Kunstmarktes gliedert sich in Entstehung, Marktaufbau (Erstausstellungen nicht nur in Galerien, sondern auch in Kunstvereinen, Kunstakademie oder Unternehmen), Markt (alle Ausstellungsinstitute), Marktende (z.B. Museen sind in gewisser Weise das Marktende, weil dort das Kunstwerk in der Regel nicht weiterverkauft wird. Die „TÜV-Plakette Museum" bewirkt eine Aufwertung des Künstlers und der Werke in Auktionen).

In Deutschland gibt es über 3.000 Galerien, die nicht nur feste Ausstellungsräume bereitstellen, sondern in denen auch regelmäßig Ausstellungen stattfinden. Darüber hinaus leisten sie ein professionelles Marketing der Künstler mit Messeauftritten und Vorfinanzierung von aufwendigen Produktionen. Heutzutage haben junge Galeristen meist studiert und bei anderen erfolgreichen Galeristen Erfahrungen gesammelt, sie kennen die Szene und sind meist gut vernetzt. Galerien können die Preise für Künstler aufbauen und bilden hierfür so etwas wie ein Minimonopol: sie vertreten den Künstler über einige Jahre und können ihn promoten. Als Gegenstück zur Ökonomisierung in Kultur und Kunst bilden sich abseits des Marktes alternative Kunstszenen, quasi als künstlerisch formulierter Protest. Dieser manifestiert sich im Netz, als Aktion oder Performance und schlägt gezielt einen Bogen um den etablierten Kunstmarkt. Die Zahl der Kunststudenten hat sich in den letzten Jahren vervielfacht. Aber nur relativ wenige der Absolventen kommen auf dem Kunstmarkt an. Sie landen eher bei den sogenannten Creative Industries, d.h. den kunstverwandten Feldern. Viele der qualifizierten Künstler/innen arbeiten in der Mode, im Design, im Webdesign, in Architekturbüros, in Werbebüros oder auch in der Erwachsenenbildung. Aber auch wenn der Kunstmarkt von außen eher unübersichtlich zu sein scheint, von innen ist er übersichtlich. Der deutsche Kunstmarkt ist heutzutage lediglich einer unter vielen, es gibt auf ihm wohl mehr Risiken als Chancen. Der mittelständische Kunstmarkt hat zu kämpfen, regional arbeitende Unternehmen haben weniger Erfolgsaussichten. Bei den auf Selbstvermarktung angewiesenen Künstlern/innen gibt es viele unausgeschöpfte Potentiale, ihre Einkommen entwickeln sich nur unterdurchschnittlich. Im Gegensatz zu Musik und Film steht der Kunstmarkt hinsichtlich der Folgen einer Digitalisierung noch am Anfang.

Kunstmarkt-Keynotes

Nur 2 % der Absolventen von Kunsthochschulen partizipiert am Kunstmarkt

Zahl der Kunststudenten hat sich vervielfacht

Kunst und Kultur geben der Wissensgesellschaft neue Impulse

Digitale Mittel des Publizierens und Vermarktens von Kunst

Rotieren durch die Kunst in artverwandte Felder. D.h. Künstler verlassen nicht die Kunst sondern nutzen Felder wie die Mode oder die Architektur, um ihre Vorstellungen weiter zu entwickeln.

Ähnlich wie die Mathematik kann sich auch Kunst in vielen anderen Feldern verwirklichen

In unermesslichen Datenräumen gibt es kaum noch Anonymität - auf der Suche nach der Zeit, die immer da und trotzdem flüchtig ist

Als Wirtschaftsfelder scheinen Online-Marketing und Finanzmärkte auf diesem Weg zu Datenbergen in schier unermesslicher Höhe fortgeschritten. Bei der Berechnung von Kausalitäten wird alles mit allem korreliert. Aus diesen Datensilos wird niemand entlassen. Obwohl Nutzer der fortgesetzten Enteignung ihrer Daten jemals kaum wissentlich zugestimmt haben , werden diese zum kollektiven Gut gemacht, ohne dass dieses aber als Gemeingut verfügbar wäre. Auf der Grundlage gänzlich intransparenter Nutzungsbedingungen profitieren hiervon andere, die Wertschöpfung aus Daten bleibt dem Einzelnen verborgen. Über die entgangenen Möglichkeiten zur eigenen Datenverwertung hinaus wird mit diesen Daten ein immer größeres Einfallstor in die Privatsphären geöffnet. Zwangsläufig stellt sich die Frage, ob dies so bleiben kann (darf).

Mit den Augen des Fliegers gesehen:

Obwohl sie immer da ist, die Zeit, jeden Tag und jede Stunde, ist sie schon wieder verschwunden, vergangen. Wo bleibt sie nur die ganze Zeit? Damit man sich ihr mit ganzer Muße widmen kann? Zeit ist Geld, so heißt es. Zeit und Verdienst sind oft zwei Seiten der gleichen Medaille, sind untrennbar aneinander und miteinander gekoppelt. Trotz aller Erfindungen und Versprechungen wie Auto oder Zug, wie Wasch- oder Spülmaschine, wie Computer oder Smartphone, wie viele andere Dinge mehr: immer scheint sie knapp bemessen, die Zeit. Vieles, alles lässt sich bereits vom Sofa aus einkaufen, niemand muss noch stundenlang anstehen. Trotz allem scheint Zeitnot ein ständiger Begleiter. Niemand ist vor Eile und Stress geschützt: meinte man noch eben alle Zeit der Welt zu haben, ist sie schon wieder verschwunden. Wohin? Vieles im Leben ist effizienter und effizienter geworden, die Hilfsmittel immer raffinierter. Und doch wird alles immer komplexer, die Belastungen haben (statt weniger zu werden) zugenommen. Wenn etwas knapp ist, ist es nach den Gesetzen der Wirtschaft meist auch teuer. Das schreit geradezu danach, knapp bemessene (Frei)zeit zu maximieren und jede verfügbare Minute möglichst optimal zu nutzen. Immer umfangreichere Freizeitangebote können so leicht zu einer Entscheidungsfalle der Komplexität werden. Besser wäre vielleicht, einmal überhaupt nichts zu tun und nur danach zu schauen, wo sie denn bleibt, die allzu flüchtige Zeit.

Mit den Augen des Fliegers gesehen:

Musik als Ausdruck gesellschaftlicher Trends: der Wirtschaftszweig Musikwirtschaft kann nicht isoliert betrachtet werden,
denn er ist eng eingebunden in die Rahmenbedingungen der
Kreativwirtschaft. 95 Prozent der Unternehmen in der Musikwirtschaft zählen zu den Kleinstunternehmen, die zusammen
etwa 45 % Prozent des Umsatzvolumens in diesem Wirtschaftszweig erzielen. Zum Bereich Musikwirtschaft zählen ebenso
Tonstudios und Musikverlage. Auch wenn der Stellenwert und
die Nutzung von Musik in all den Jahren nicht gelitten haben,

gibt der Konsument trotzdem immer weniger für Musik aus. Zu den Wachstumsbereichen zählt die Livemusik: ein Markt, der mit 2,8 Milliarden Euro Umsatz größer als der Tonträgermarkt ist. Für Livemusik-Veranstaltungen haben die Bundesdeutschen ca. 82 Millionen Tickets zu einem Durchschnittspreis von 33 Euro gekauft. Man kann also nicht generell sagen, dass Musik sich immer weniger verkaufen ließe. Auch gibt es eine relativ große Schnittmenge zwischen Tonträger- und Livemusikmarkt. Im Hinblick auf die riesige Zielgruppe von musikbegeisterten Menschen dürften daher zwischen diesen Teilmärkten noch erhebliche Crossover-Potentiale ausgeschöpft werden können. Um den heutigen Herausforderungen gerecht werden zu können, müssen seitens der Musikwirtschaft nach der im Rahmen eines speziellen Branchenhearings vorgetragenen Meinung beispielsweise folgende Kompetenzfelder besetzt und bearbeitet werden: Detailkenntnisse über Umgang und Prozesse hinsichtlich digitaler Produkte, Detailwissen zu sozialen Netzwerken und Communities, deren Aufbau und besondere Regularien, Kommunikationskenntnisse zur technischen Infrastruktur wie beispielsweise Suchmaschinen, Social Bookmarking u.a., Kommunikationsmechanismen sozialer Medien, Blogs, Twitter u.a., Knowhow über kollaborative Filtersysteme. Und: Einsatz digitaler Erlösmodelle wie Flatrate, Werbefinanzierung und Kenntnis spezieller Abrechnungsmodalitäten, Detailwissen des Urheberrechts im digitalen Zeitalter. Und: Verständnis von Musikgruppen, Bands u.a. als soziales Konstrukt, Gespür für gesellschaftliche Trends.

Presse als unabhängiges Sprachrohr der freien Meinung: Printmedien bieten Analysen und Hintergrundinformationen; sie sind praktisch die Blutbahnen und Nervenstränge eines funktionierenden politischen Systems

Zeitungen sorgen dafür, dass Bürger umfassend über gesellschaftliche Prozesse Kenntnis erlangen. Zeitungen ermöglichen lokal, regional und international die Teilhabe an relevanten Lebensbereichen. Das Funktionieren eines demokratischen Staatswesens ist ohne Zeitungen nicht vorstellbar. Es ist vor allem die freie Presse, die Leser in ihrer politischen Meinungsbildung unterstützt. Die Presse muss erklären, verdeutlichen und Hintergründe beleuchten. Printmedien bieten Analysen und Hintergrundinformationen. Sie sind praktisch die Blutbahnen und Nervenstränge eines funktionierenden politischen Systems. Dabei reicht das Spektrum der Printmedien von der Boulevardpresse und Yellow Press bis hin zu seriösen Informationsmedien, den Special Interest-Zeitschriften und B2B-Medien. Wie kaum ein anderes Medium müssen Printmedien das Zeitgeschehen dokumentieren. Dafür müssen sie sich beim Leser aber jeden Tag neu bewerben und bewähren. Denn jede Zeitung oder Zeitschrift außerhalb eines Abonnements muss auch erst einmal verkauft werden. Jeden Tag, jede Woche entscheidet der Leser also immer wieder neu, ob und welche Zeitschrift er kauft. Wesentliche Voraussetzungen für Printmedien in diesem Umfeld sind Qualität und Glaubwürdigkeit. Auf Dauer können sich Printmedien am Markt nur dann durchsetzen, wenn sie die Kerninteressen ihrer Leser bedienen und dabei nachhaltig verlässlich sind.

Printmedien wirken nachhaltig: sie haben eine Reichweite von über 90 Prozent und können somit fast jeden Bürger in diesem Land erreichen und ansprechen. Printmedien schaffen „Communities", formen Lebensstile, fördern die gesellschaftliche Kommunikation und wirken als Verstärker von Bilder- und Themenwelten. Dabei unterliegt die Branche einem hohen Innovationsdruck. Im Rahmen eines speziellen Branchenhearings wurden hierzu u.a. folgende Punkte genannt:

Im Internet ist man nicht mehr nur Produzent von Informationen, sondern muss diese auch diesem Medium adäquat aufbereiten können.

Design und Formatentwicklung: Websites sehen immer weniger aus wie Zeitungen und entwickeln immer mehr Eigenständigkeit.

Nutzerinhalte haben einen Feedback-Kanal, den man entsprechend managen muss.

Cross-Mediale Sachverhalte: wie können beispielsweise ansprechende Videos produziert und mit Artikeln zusammen gebunden werden?

Entstehung neuer Kanäle: Es gibt nicht nur Internet, E-Mail u.a., sondern daneben auch Entwicklungen wie „Twitter".

Bedingt durch veränderte Mediennutzung sinkende Bedeutung der Print- zugunsten des Online-Journalismus.

Konkurrenz durch zusätzliche Internet-Angebote wie Blogs, lokale Nachrichtenportale u.a.

Wenn man von Tageszeitungen spricht, hat man immer Gedrucktes auf Papier vor dem inneren Auge. Morgen oder übermorgen könnte dies schon ganz anders sein: man liest die Zeitung Online oder als E-Book. Solche neuen Technologien müssen nicht der Feind von Print sein. Vielmehr ermöglichen sie durch zusätzliche Reichweiten in neue Einzugsgebiete damit auch neue Geschäftsmodelle. Eines steht jedoch fest: vor dem Hintergrund anderer Informationsmöglichkeiten mit einer hohen Veränderungsdynamik ist und bleibt Presse nicht mehr das, was sie gestern war. Die Top 100 von ca. 6.000 Zeitungen und Zeitschriften machen etwa 60 Prozent des Umsatzvolumens aus. Auch im Pressevertrieb ist in den letzten Jahren aufgrund der Verschiebung von Wertschöpfungsanteilen in die Online-Welt die Auslieferungsmenge rückläufig.

Journalisten arbeiten in folgenden Bereichen: als Selbständige, fest oder frei, Presse-/Produktionsbüros, Corporate-Publishing-Research, PR, Werbung, Eventbereich, Consultantbereich, Lobbybereich, Politikbereich Und: neuen Berufsfeldern, die die Digitalisierung faktisch schafft (z.B. Twitter, Communities). Neben dem klassischen Handwerk, Recherche und Stilform gibt es neue Aufgaben im Berufsbild Journalist wie beispielsweise: nNeue Verbreitungswege und Content-Management-Systeme (Bewegbild, TV, Podcasts, Blogs, Chats, Abo-Dienste, Newsletter u.a.). Neue Verarbeitungsformen (z.B. in der Bildverarbeitung, im Schnittsystem u.a.), Crossmediale Techniken, Medienökonomie, netzbasierte Kommunikationsformen, andere Formen der Rückkoppelungen, z.B. Web 2.0 als Interaktions- und Partizipationskanal).

Im Wettbewerb um Aufmerksamkeit, denn Content ist überall: in der jungen Generation ist der Medienkonsum häufig nicht mehr selbstmotiviert: Facebook, Twitter & Co. sind Transport für alle möglichen Inhalte. Man bewegt sich dort meist aus mehr privaten Gründen (sehen, was die Freunde gerade so machen). Über Interesse weckende Medieninhalte stolpert man mehr oder weniger zufällig nicht aus einem gezielten Suchen heraus. Hinter dem Zufall stecken ausgeklügelte Algorithmen, gefüttert mit zig Informationen über das Verhalten jedes einzelnen Nutzers. Es ist ein Algorithmus, der darüber bestimmt, was überhaupt eine Chance bekommt, Aufmerksamkeit zu erlangen. Kein Mensach entscheidet darüber, was andere für wichtig halten könnten: der Gatekeeper ist eine (geheime) mathematische Formel (gespeist aus unzähligen Nutzerdaten). Die sozialen Netzwerke kennen ihre Nutzer besser als jedes klassische Medienhaus. Verstärkt wird diese Entwicklung dadurch, „dass die sozialen Netzwerke bei den neuen Nutzern eine Empfehlungskultur geschaffen haben, die weit über das Herausreißen von Zeitungsseiten hinausgeht. Eine Vielzahl von Texten richtet sich zudem an globale Leser (Sprache als einziges Zugangskriterium). Der Eigenverleger agiert also auch auf einem globalen Markt: Länder haben Grenzen, Geschichten nicht. Content ist überall: viel mehr Inhalte sind viel leichter erreichbar als früher. Viel mehr Menschen machen Content, d.h. der Wettbewerb um Aufmerksamkeit wird immer härter.

Eigenverleger als Akteure im großen Kreativmarktgeschehen:
im digitalen Zeitalter gibt es nicht für alle nur frohe Botschaften:
im Bereich der Kreativwirtschaft gerieten vor allem die Musik-
und Filmindustrie in unruhige Fahrwasser. Zuerst ist das Ge-
schäftsmodell der Musikbranche ins Wanken geraten: Nutzer
tauschten über Internetportale digitalisierte Musikstücke miteinander aus. Dann ermöglichten immer schnellere Internetverbin-
dungen, dass auch Fernsehserien oder ganze Kinofilme über das
Internet kostenlos abrufbar wurden. Eine Studie der PWC-
Strategieberatung kommt zu dem Ergebnis, dass die Kreativwirtschaft (Buchverlage, Magazine, Firm, Fernsehen, Musik)
zwar nicht mehr so stark wachse wie vor dem Internetzeitalter,
deshalb aber nicht vor dem Abgrund stehe. Sondern im Gegenteil noch über viele noch nicht ausgeschöpfte Potenziale verfügen könne. Zwischen den einzelnen Teilbranchen zeichnen sich
allerdings deutliche Unterschiede ab: Im Vergleich zu den Ver-
lierern (Musik, Magazine) haben andere (Buchbranche, Film,
Fernsehen, Computerspieleindustrie) zugelegt. Der Medienkonsum insgesamt wächst: es zeige sich aber auch, dass die kreativen Branchen relativ lange brauchen, um neue Umsatz- und
Kommerzialisierungsmodelle zu finden und zu entwickeln: die
Möglichkeiten der digitalisierten Monetarisierung seien noch
längst nicht ausgereizt: „die Digitalisierung werde sich in Zukunft aber noch auf weitere Teile der Kreativbranche auswei-
ten". Viele (u.a. auch Museen) digitalisieren ihre Werke schon
jetzt und begeben sich in die digitale Distribution. Das Internet
eröffnet die Möglichkeit, potentielle Kunden selbst dann zu erreichen, wenn sie am anderen Ende der Welt leben.

Der Computer als Co-Autor: „Selbst banale Digitalfotos sind heute das Ergebnis eines komplexen Zusammenspiels aus Software und Hardware. Sie sind algorithmische Artefakte, eine Interpretation der Wirklichkeit aus Sensordaten- noch bevor sie vom Nutzer nachträglich verfremdet, verbogen, zerlegt und neu arrangiert werden". Anders beim Text: dieser bleibt immer so, wie sein Verfasser ihn einmal Buchstabe für Buchstabe auf der Tastatur getippt. Die Tastatur ist dabei immer völlig passiv und soll lediglich die Kluft zwischen Mensch und Maschine überbrücken. Indem sie die vom Menschen geschaffenen Texte als in Buchstaben zerlegte Gedanken in einen maschinenlesbare Form überträgt. Nach wie vor sind also Texte etwas, was zum Menschen, nicht zur Maschine gehört. Denn die Maschine ist noch noch lange nicht mächtig genug, Texte beherrschen zu können, wie dies Menschen können. „Schreiben ist eines der schwierigsten Dinge, die Menschen tun. Man kann sein ganzes Leben lang lernen, besser zu schreiben." Zumal, gerade in der Alltagskommunikation, ein Text oft lückenhaft, widersprüchlich und uneindeutig sein kann. Neuerungen des maschinellen Schreibens finden vorwiegend auf Computern ohne Tastatur, dem Handys, statt. Deren Bildschirmtastaturen sind mit künstlicher Intelligenz und Computerlinguistik gespickt. Sie erkennen die gerade geschriebene Sprache, korrigieren Schreibfehler oder vervollständigen angefangene Wörter. Was dann als Text auf dem Bildschirm erscheint, ist „eine algorithmische Interpretation einer diffusen Fingergeste". Im Zweifel muss sich der Nutzer dem Können der Programme anpassen, muss einfacher und vorhersehbarer schreiben.

Wer Autor und wer Rezipient ist muss neu gedacht werden: gibt es in Textprogrammen wie beispielsweise dem weitverbreiteten *Word* so etwas wie eine Textintelligenz? Denn dort gibt es, um Schreiben zu verbessern, beispielsweise Funktionen, die den Menschen als alleinigen Autor in Frage stellen. Ein Editor übernimmt dort u.a. die Aufgabe einer automatischen Selbstkritik, markiert unklare oder schwer lesbare Textstellen, weist auf passive Sprache und Langatmigkeit hin. Moniert auch einmal abwegige Wörter, getrennte Infinitive, Umgangssprache, oder genderspezifische Wörter. Mit einer weiteren Recherche-Funktion kann eine Suchmaschine für zitierfähige Quellen, Zitate und Bilder integriert werden. „Mit wenigen Klicks kann man so Texte um Informationen anreichern, die *Word* selbständig im Netz recherchiert hat." Und zwar so im Hintergrund, dass schon nicht mehr nachvollziehbar ist, wie viel maschinelles Wissen in die Anfertigung des Textes eingeflossen ist. „Der Mensch gibt den Schreibimpuls, der Computer arbeitet zu, wo er kann. Der Text ist ja schließlich eine Zusammenarbeit von Mensch und Maschine.". Damit dies aber funktionieren kann, müssen Computer zu Wissensmaschinen werden. "Angeschlossen ans Internet, werden sie selbständig Wissen anhäufen, Sprachmodi entwickeln und in wie auch immer geformte Dialoge mit uns treten. Sie werden unsere Textnachrichten lesen, um algorithmische Modelle von uns und unseren Freunden und Geschäftspartnern zu erstellen." Sie werden die informationelle Welt um uns herum (vielleicht besser als wir selbst) verstehen oder Trends früher erkennen. Eine natürliche Grenze wird allerdings dort gezogen, wo dann die Maschine selbst zum Menschen werden müsste.

Hundert Jahre Lebensweg: von den Anfängen der Fliegerei bis in die Digitalwirtschaft – der alte Flieger wird Teil einer neuen Zeit, alles bewegt sich, alles verändert sich, nicht allein intellektuell kann man die Welt begreifen

Aus der Gegenwart betrachtet sind hundert Jahre für die Menschen insgesamt, vielmehr aber noch für einen einzelnen Menschen, eine riesige Distanz. Liegt eine solche Distanz am Beginn eines Lebens noch einem, scheint sie unendlich zu sein. Liegt sie am Ende eines Lebens hinter einem, scheint sie gleich einem Zeitraffer geschrumpft zu sein. Für den ehemaligen Flieger, von dem hier öfters die Rede ist, begann sie mit einem Weltkrieg und führte über ein Fliegerleben, einen zweiten Weltkrieg, Gefangenschaft (einschließlich geschriebener Gefühlswelten) und viele weitere Zwischenstationen (einschließlich Fotografie und Malerei) bis hin in eine Welt der Cyberwirtschaft und Algorithmen. Für einen einzelnen Menschen ist diese Vielfalt schon allein gedanklich eine ungeheure Breite. Viele (gute, wie auch manchmal schlechte) Erlebnisse, die dem Flieger Freude am Leben gaben.

Sein Freund der Baum war nicht irgendein Baum: einmal im Jahr blühte er in aller Pracht als eine japanische Kirsche. Für etwa zwei Wochen im Jahr war er unangefochten der Hauptdarsteller. Dessen Blüten alles überstrahlten und daneben fast unscheinbar erscheinen ließen. Für den Flieger war es eine immer wiederkehrende Freude, jedes Jahr dieses Bild sehen zu können. Hinter ein solches Bild tritt vieles zurück. Auch kurz jene Stadt, die seinem Freund lange Zeit als Nährboden diente. Auch diesen, seinen Freund, ihn gibt es nun nicht mehr. Der Baum, um den es hier geht, stand auf einer kleinen Wiese vor seiner Wohnung, er kam dicht bis an das Haus heran. So ging er mit ihm zu Bett und wachte beim ersten Blick aus dem Fenster auch wieder mit ihm auf. Er verbreitete allseits Wohlbefinden.

Sein Freund der Baum war nicht alleine. Zu ihm gesellten sich sowohl Linde als auch Kastanie. Alles in allem ein schützendes, schatten- und ruhespendendes Blätterdach in Grün. In der Blüte wechselte man sich nacheinander ab. Auf dem Balkon verbreitete sein Freund der Baum mit seinen Blüten ein ganzes Meer aus Rosa. Erst als er nicht mehr war, da wurde schmerzlich klar was fehlte.

Eine Art von ewigem Gedächtnis: das Internet und seine anonymen Algorithmen – Verhaltenswährung Berechenbarkeit – Irrational, emotional und nicht perfekt – Treibstoff Nutzerprofile - digitale Zwillinge und Realität – Suchmaschinen und Abhängigkeiten – „perfekte" Algorithmen an den Grenzen des „Unperfekten". Durch das Internet scheint nichts ist mehr wie es war: Daten werden enteignet und ausgebeutet, alles bewegt sich, alles verändert sich. In der Digitalökonomie lassen wir uns von anonymen Algorithmen durch das Netz lotsen. Data Sharing, Open Data, Open Access gestalten eine digitale Welt. In Echtzeitprozessen bleibt kaum mehr die Zeit, einmal gründlich nachzudenken und komplexe Sachverhalte sorgfältig aufzuarbeiten. Das Leben vollzieht sich in einer datenüberwachten Gesellschaft, Riesenmaschinen saugen in einer Art von ewigem Gedächtnis unaufhörlich alle Daten auf, deren sie nur irgendwie habhaft werden können.

Journalistische Medien erhalten ihren Traffic mehr und mehr via Google. Die Google-Suchmaschine ist allein aufgrund ihres erdrückenden Marktanteils „alternativlos". Suchmaschinen, die süchtig und abhängig machen können, sollten transparent und kontrollierbar sein: also so ziemlich das Gegenteil von dem, was heute ist. Suchmaschinen bestimmen über Bekanntheitsgrad und online-Reichweiten von Wirtschaftssubjekten. Ganze Geschäftsmodelle hängen am Tropf von anonymen Algorithmen: werden diese geheimnisvoll verschleiert wann und wie auch immer verändert, ändern sich Traffic-Zahlen und Erfolgsfaktoren der Online-Welt. Von Suchmaschinen erzeugte Abhängigkeiten steigen exponentiell. Gegen das auf Servern der Internet-Konzerne angehäufte Wissen über jeden digital oder auch nicht digital aktiven Bürger ist die einstige Horrorvision von George Orwell der reinste Kindergeburtstag. Die fossilen Brennstoffe als Treibstoff des 20 Jahrhunderts sind von Daten der Nutzerprofile als Treibstoff des 21. Jahrhunderts übertroffen worden. Durch dem Normalbürger weitgehend unbekannte „Digitalautoritäten" werden Menschen zunehmend transparenter, fremdbestimmter und manipulierbarer. In der FAZ wird von Google gar als einer „weltmarktbeherrschenden Großbank der Verhaltenswährung" gesprochen: für die Fiktion von der Gratis-Kultur im Internet hätten wir alle einen hohen (zu hohen?) Preis mit der „Berechenbarkeit und kommerziellen Verwertbarkeit unseres Verhaltens" zu entrichten.

Aber wenn sich die digitalen Zwänge der ungebremsten Abgreiferei persönlicher Daten schon nicht mehr rückgängig oder gar überhaupt unmöglich machen lassen, so sollte jeder das Recht haben zu wissen, was man an Daten von ihm gesammelt hat und für welche passenden und unpassenden Gelegenheiten auswertet. Jeder sollte sich also selbst fragen, ob er bereits ein Gefangener des Netzes ist und erst wieder frei sein kann, wenn diese Verbindung gekappt wird, das Netz zerreißt oder zumindest noch ausreichende Schlupflöcher offen lässt. Eines der wirkungsvollsten Schlupflöcher, um digitalen Zwängen noch entfliehen zu können, scheinen Unberechenbarkeit und Willkür von menschlichem Verhalten zu sein. Vor dem Irrationalen des Menschen müssten eigentlich auch die komplexesten Algorithmen erst einmal an ihre Grenzen stoßen. Der ehemalige Flieger ist hiervon befreit: wenn ein perfekter Algorithmus gerade durch die Unperfektheit des Menschen ins Leere läuft, so könnte gerade der „homo nonoeconomicus" zum Bollwerk gegen die totale Kontrolle werden.

Stellvertretend für manche andere ist das Beispiel des Malers (und Kunsterziehers) Walter Kromp: er war ein genauer Beobachter, der, ausgestattet mit einer geradezu jugendlichen Neugier, Situationen, Zu- und Umstände minutiös registrierte. Beobachten zu können als Voraussetzung und eine viel zu wenig geübte Tugend, in Situationen hinein hören, Stimmungen erlauschen, präzise erfassen und dann mit der eigenen Handschrift einer abstrahierenden Figürlichkeit in das jeweilige Medium umzusetzen, gelang ihm scheinbar mühelos. Doch stand dahinter oftmals ein langer Prozess der Umsetzung. „Das erste Signal kommt immer vom Auge" hat er einmal formuliert und so war das „Sehen" nicht nur Voraussetzung für seine künstlerische Arbeit, sondern war auch pädagogisches Anliegen. Zu den ersten Grunderfahrungen für Schüler in Kromps Kunstunterricht gehörte allemal, zu begreifen, dass beispielsweise Holz alles andere als braun ist, und dass Fenster mitnichten stets himmelblau daher leuchten. Für seine eigene künstlerische Arbeit bedeutete dies, sich am besten vor Ort Eindrücke verschaffen. Zahlreiche Reisen in ferne Länder und die nicht touristische, sondern sinnenhafte Erfassung neuer, anderer Kulturen fand ihren Niederschlag auch in seinen Bildern. Eine Gesprächsrunde marokkanischer Männer oder ein zusammengekauerter alter Mann am Ufer des Heiligen Flusses ermöglichten dem Betrachter den Zugang zu einer fremden Welt. Zu vermitteln, dass der Andere anders ist, weil er in einer anderen Kultur lebt, bedurfte es bei Walter Kromp nicht weitschweifiger soziologischer Erklärungen. Nicht allein intellektuell nämlich könne man die

Welt begreifen, sondern auch oder gerade die Sinne hätten viel damit zu tun, hat er einmal gesagt.

Was geschrieben, gefilmt, fotografiert oder gescannt wird, landet früher oder später im Computer - ein echter „homo oeconomicus" sollte die Freiräume und Handlungsoptionen seiner „Unperfektheit" erhalten und pflegen

Die Informationsgesellschaft ist da – Daten unbegrenzt verfügbar – die andere Seite des Datenreichtums. Die von jedem Mensch produzierte und hinterlassene Datenmenge nimmt dramatisch zu. Vieles von dem, was geschrieben, gefilmt, fotografiert oder gescannt wird, landet früher oder später im Computer, in welchem auch immer. Digital erfassbare Lebensäußerungen werden immer erfasst, wenn nur die Möglichkeit hierzu besteht. Unternehmen gehen dazu über, einfach alles zu speichern. Egal ob E-Mails, Präsentationen, Zahlungsbewegungen, Kundenkontakte oder was auch immer sonst.

Kritisch ist eher nicht die Verfügbarkeit von Daten. Sondern kritisch ist eher die Kunst, an diesen Informationswust die richtigen Fragen zu richten. Um an die richtigen Informationen zu gelangen und aus diesen nutzbares Wissen zu generieren. Was wie wo zu speichern ist, richtet sich nach dem Kriterium der Nützlichkeit. Aber wer weiß schon sicher, welche interessanten Schlüsse sich in ein paar Jahren aus gespeicherten Daten ziehen lassen. Wer weiß schon sicher, welche bislang noch unbekannten Zusammenhänge sich aus gespeicherten Daten vielleicht noch berechnen lassen.

Wie es der Flieger sieht - Kutter vor dem Bootshaus

Die Datenauswertung, soll sie effizient sein, ist dann eher nicht nur automatisch. Sie wird eher individualisiert auf einzelne Personen und Entscheidungsträger hin ausgerichtet sein müssen. Neben der Datennutzung spielt immer mehr auch die dabei vorhandene Sicherheit eine Rolle. Bei einer Vielzahl von Zugriffsmöglichkeit steigen nicht nur Möglichkeiten des Missbrauchs, sondern nicht zuletzt auch die Gefahr, dass wichtige Daten in skrupellose kriminelle Hände gelangen können. Eine auf Berechenbarkeit aufgebaute Verhaltenswährung würde also umso weniger Macht verleihen, je unperfekter, irrationaler und willkürlicher sich Menschen verhalten. Solange der reale Mensch mutiger, widersprüchlicher, sprunghafter, fauler, emotionaler als sein digitaler Zwilling im Algorithmus bleibt, könnten Berechenbarkeit, Kontrolle und Manipulierbarkeit noch in Grenzen gehalten werden.

Der Fliege: unter vollen Segeln

Traum ist alles

Ferne Gedanken des Fliegers aus der Gefangenschaft:

Ja, der Bruder, er lebt.
Und er wandert
in des Abends fernstes Glühen
wie einst -- suchend das endlose Glück.

Wohl führt von den Kreuzen
in endlosen Weiten
kein Weg mehr zurück,
zu uns, die wir leben.

Noch leben und hoffen und wandern
die Straße durch´s tiefe Tal
zu fernen Höhen bergan.

So ist der Winter so ernst nicht,
den wir durchirren.
Traum ist alles -

Öde, Fremde und Schnee.

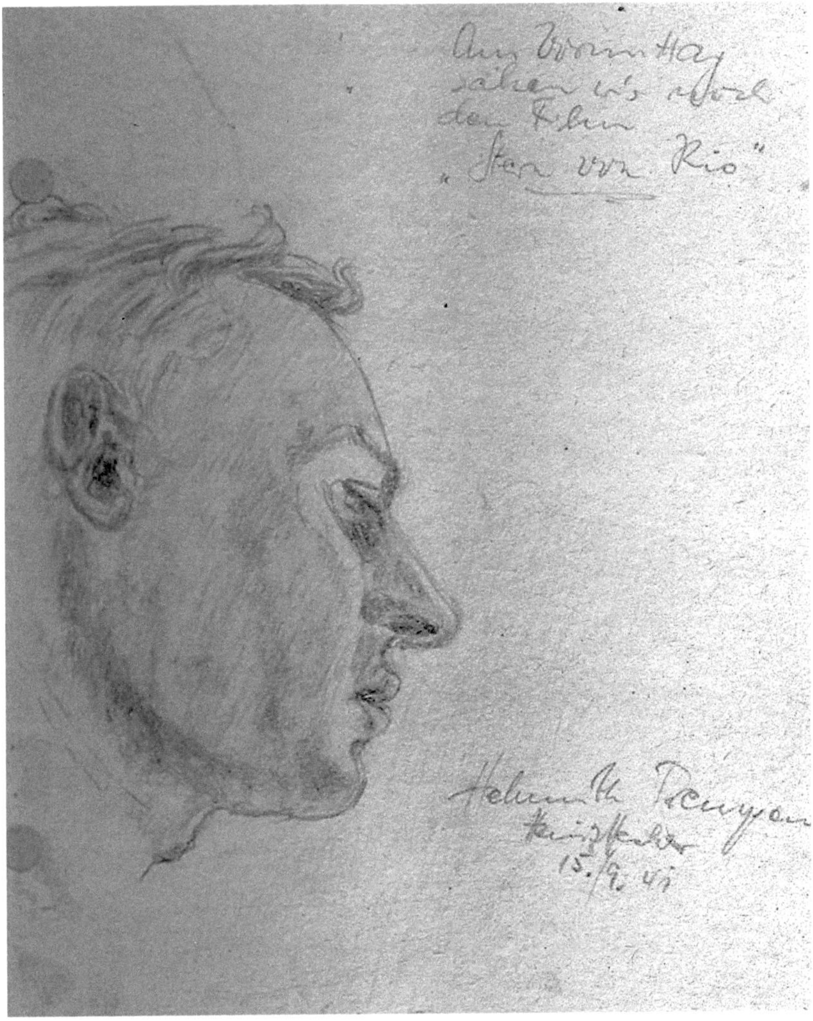
Am Sonntag
sahen wir's abends
den Film
„Stern von Rio"
Helmuth
Kriegsmaler
15.9.41

So grau ist der Tag

Der Flieger in der Gefangenschaft schrieb:

Bleibet bunter Bilder Traum,
so grau ist der Tag,
so grau -
und das was kommen mag
jetzt noch verhüllt -
wird grau -
Traum, du warst kurz !
Dein Sturz
ins „Gestern" zurück -
du denkst das Glück. —
Damals Geliebte
fiel leise der Schnee
als wir Abschied nahmen,
in dem großen Weh,
Dir die Tränen kamen.
Glück du Eintagsfliege -
an deiner Wiege
die grosse Trennung stand.
Ist dein schwebender Flug
verweht ---?
Im fremden Land
kann ich nicht vergessen.

Wissen ist das Gedächtnis einer Person

Wissen ist das Wertvollste, was eine Person besitzt,
Wissen ist der einzige Rohstoff, der sich durch Gebrauch vermehren lässt,
Wissen ist in den Köpfen der Menschen gespeichert,
Transfer von Wissen schafft Multiplikatoren,
Wissen ist der einzige Rohstoff, der sich durch Gebrauch vermehren lässt,
Wissen muss geschützt und gesichert werden,
Wissen muss erworben werden,
Wissen muss identifiziert werden,
Wissen muss bewertet werden,
Wissensmanagement hat die Zukunft noch vor sich,
was nicht gespeichert ist, hat nicht stattgefunden, ist demnach kein Wissen,
Wissen wird über Datenwolken an Dritte ausgelagert,
Wissen, das im Internet frei verfügbar gemacht wurde, hat damit seinen Wert verloren,
Information ist nicht gleich Wissen,
digitale Demenz ist eine Gefahr für Wissen,
Wissensbilanzen sind gut, aber wenig verbreitet ,
Wissensbilanz ist Intellektuelles Kapital,
Wissensfaktoren bewegen sich in einem dynamischen Wirkungsnetz,
Wissensbilanz ist Kommunikationsplattform,

Wissensbilanzen – vielen nützen sie, kaum einer nutzt sie, Wissensbilanzen – kaum einer kennt sie, noch weniger können sie.

Gedanken auf Traumreise:

Das Auge eines Zeichners, eines Kreativen
vermag Dinge zu sehen (erkennen)
die anderen vielleicht verborgen bleiben

Kreativität in Räumen des Übergangs - wie eine Zeitreise vom Gestern einer Gefangenschaft zur Gegenwart des Heute bewältigt und gestaltet wurde, ist das Ergebnis persönlicher Eigenschaften und Fähigkeiten

Flächenaufwertung Kreativwirtschaft - Umstrukturierungsprozesse – Ansiedlungsimpulse für Komplementärnutzungen - Stadtentwicklung und Gentrifizierung – Reaktivierung Quartiere – Leerstände überbrücken. Kultur- und Kreativmilieus bewegen sich oft in Räumen des Übergangs von aufgegebener Nutzung und noch nicht neu definierter Planung. In solchen Möglichkeitsräumen ist eine Umformung von Räumung und Gestaltung neuer „Szenen" möglich. Dort, wo traditionelle Investorenkonzepte nicht greifen, können ganze Quartiere reaktiviert und als Kristallisationskern für neue Entwicklungen genutzt werden. Durch ein neu entstehendes Ambiente können zuvor vernachlässigte Gegenden aufgewertet werden. Würde man solche Chancen verstreichen lassen, könnten zurückgelassene Areale durch fehlende Pflege und Vernachlässigung der Bausubstanz sich nicht nur selbst negativ entwickeln, sondern darüber hinaus eine negative Ausstrahlung auf ihr gesamtes näheres und weiteres Umfeld ausüben. Gerade wegen der sich oft hinziehenden Phase der Schaffung von Planungsrecht, stehen Liegenschaften nicht für langfristige Entwicklungen zur Verfügung. Kulturwirtschaftliche Zwischen- und Übergangslösungen wären in diesem Fall bestens geeignet, solche Lücken mit Vorteilen für alle Beteiligten zu überbrücken. Zwischennutzungen lassen sich gezielt als Ideenlieferanten für künftige Nutzungen oder als Katalysator der Entwicklung von Liegenschaften einsetzen. Wegen steigender

Nachfrage siedeln sich parallel zu kulturwirtschaftlichen Nutzungen unternehmensnahe Dienstleistungen an (z.B. Gastronomie, Lebensmittel-Einzelhandel, Schneidereien, Buchläden u.a.). Die kreative Szene setzt über vielfältige Wechselbeziehungen Entwicklungs- und Aufwertungsprozesse in Gang: aufgrund der aktiven Teilhabe an Planungs- und Entscheidungsprozessen kann ein neues (besseres) Verständnis für die Stadtentwicklung wachsen. Dabei müssen auf Grundlage einer mehrschichtigen Sichtweise alle Einflussfaktoren möglichst lückenlos einbezogen werden.

Die ganz persönliche Art und Weise: wie eine Zeitreise vom Gestern einer Gefangenschaft zur Gegenwart des Heute bewältigt und gestaltet wurde, ist das Ergebnis persönlicher Eigenschaften und Fähigkeiten. Mit ihrem vorwiegend qualitativen Charakter können diese in einer persönlichen Personalbilanz umfassend (und möglichst realitätsgetreu) identifiziert und abgebildet werden. Vergleichbar mit den Bilanzen von Unternehmen hat so ein jeder auch seine individuelle Personalbilanz im Gepäck. Auch wenn diese nicht zu den Berichtspflichten gehört und etwa Dritten gegenüber öffentlich gemacht werden muss (sollte), könnte sie im Wege eines Selbstfindungsprozesses manche Dinge klarer (beispielsweise den Wert und das Potenzial von Kreativität) erscheinen lassen. Personalbilanz bündelt Potentiale – Gesicherter Gewinn durch Zuwachs an Erkenntniswissen – Dynamische Wirkungsbeziehungen und Intellektuelles Kapital – Transparente Intangibles – Durchgängig abstimmfähige Bewertungssystematik – Zielorientierte Potentialanalyse. Eine der Hauptursachen, warum der Rohstoff „Wissen" trotz seines rasant steigenden Anteils an der Herstellung heutiger Produkte und Dienstleistungen bislang so wenig sicht- und greifbar gemacht wurde, liegt in der komplizierteren Bewertung und Messung immaterieller sogenannter „weicher" Faktoren begründet.

Trotz zahlreicher Einzelaktivitäten im Zusammenhang mit dem Zukunftsrohstoff „Wissen" gibt es oft noch Lücken, die eine bestmögliche Ausschöpfung der in ihm steckenden Entwicklungspotentiale behindern. Insbesondere fehlt vielfach noch ein in sich schlüssiges Konzept bzw. Instrument, mit dem sich alle Einzelkomponenten des Intellektuellen Kapitals vollständig und mit einheitlicher Systematik abbilden lassen. Mit Hilfe einer Personalbilanz kann nicht nur das „Was-ist", sondern auch das „Was-sein-könnte" (Potenziale, Perspektiven) verdeutlicht werden. Im Wettbewerb um qualifizierte Fachkräfte spielen „weiche", oft als nicht bewertbar beurteilte Personalfaktoren eine immer wichtigere Rolle.

Über eine Personalbilanz können diese „Intangibles" einer transparent nachvollziehbaren und einheitlich durchgängigen Bewertungssystematik zugeführt werden. Die Personalbilanz kann aber immer nur so gut sein wie die in sie eingespeisten Strukturen, Bewertungen und Beschreibungen. Jedoch ist eines bereits im Vorfeld gesichert: die für die Erstellung einer Personalbilanz entwickelte Vorgehenssystematik erzwingt eine intensive Beschäftigung und Auseinandersetzung mit allem, was mit Personalfaktoren zusammenhängt. Allein durch die hierbei geleisteten Vorarbeiten fällt ein gesicherter Gewinn an entsprechendem Erkenntniswissen zu. Die Personalbilanz ist auf dem Weg zu einer zahlenmäßigen Erfassung inzwischen ein gutes Stück des Weges vorangekommen und hat hierfür auch praxistaugliche Instrumente und Verfahren entwickelt. Diese ermöglichen nicht nur, sich in einem hochkomplexen Wissensumfeld Vorteile zu verschaffen, sie machen durch ihre gängige Zahlenwelt auch eine Nachvollziehbarkeit für außenstehende Dritte möglich. Gegenüber der üblichen Bilanzierung materieller Wirtschaftsgüter hätte das Instrumentarium der Personalbilanz bereits einen entscheidenden Vorteil: es werden auch die zwischen einzelnen Faktoren bestehenden Beziehungen hinsichtlich ihrer Wirkungsstärke und Wirkungsdauer sichtbar gemacht. Aus diesem ohne entsprechende Instrumente kaum durchschaubaren Beziehungsgeflecht lassen sich diejenigen Maßnahmen herausfiltern, die aufgrund ihrer hohen Hebelwirkung das größte Potential erwarten lassen.

Der Flieger in den Elementen der Luftmeere:

Geistige Ökonomie des Alterns oder jeder selbst ist seines Glückes Schmied - symbiotische Beziehung zwischen Mensch und Maschine

Ein Leitgedanke in der Altersforschung sind die „gewonnenen Jahre": kann sich der ältere Mensch noch durch die Vorzüge der Reife, dignitas, gravitas, auctoritas, also durch Würde, gewichtigen Ernst und respekteinflößendes Ansehen, auszeichnen? „Statt vornehmlich von der Gesellschaft aus zu schauen und dann, freilich unausgesprochen, eine Kosten-Nutzen-Analyse vorzunehmen, vor allem im Blick auf die Berufswelt auf der einen und das Gesundheitswesen sowie die Rentenversicherung auf der anderen Seite, statt dieser Außenperspektive für die Betreffenden nehme man die Innenperspektive ein und frage nach der Würde des Alters und des Alterns". Statt von Greisen, d.h. wenn jemand im Alter unvermeidlich (daher nicht ehrenrührig) grau geworden ist, spricht man heute lieber von Senioren, Betagten oder Hochbetagten. Denn schon die alten Römer erkannten: nicht durch körperliche Kraft verbringt man große Dinge, sondern durch Fähigkeiten (die im Altern nicht abnehmen müssen) und Erfahrung (verbunden mit Überlegung und Entscheidungskompetenz).

Geistige Kräfte lassen sich durch stetes Lernen bewahren (womit die Minderung der Kraft mehr als kompensiert werden kann). Geistige Ökonomie des Alterns heißt auch: in der Jugend erwerbe man möglichst viel an geistiger Kraft. Und im Alter gehe man mit diesem geistigen Kapital ökonomisch um, lege dabei das Unwichtige beiseite und behalte Wichtiges, Bedeutsames im Gedächtnis. Gegen die Gefahren einer zunehmenden Geschwätzigkeit im Alter: nicht immer die gleichen Geschichten den gleichen Leuten erzählen. Und: nicht freigebig mit gutem Rat sein (es sei denn, man verlangt diesen). Der Wunsch der Älteren nach einem selbstbestimmten Leben (also Autonomie) ist stark: solang man einer interessanten Beschäftigung nachgeht, spürt man das Älterwerden kaum. Der Erfolg: ein in Ehren geführtes Leben erntet am Ende die Früchte des Ansehens:"ein zaun währt drei Jahre, ein hund erreicht drei zaunes alter, ein ros drei hundes alter, ein mensch drei rosses alter (Berechnung eines Menschalters mit 81 Jahren).

Freiheitsindex oder der betreuende Staat - Mehrstufige Bewertung der Standortfaktoren – Transparenz und Nachvollziehbarkeit – verschiedene Facetten und Blickrichtungen. Der Zustand der politischen und individuellen Freiheit wird in einer Zahl, dem Freiheitsindex abgebildet. Favorit bei den hierzu Befragten ist der „betreuende", „sich kümmernde" Staat, der im Unterschied zum „liberalen"
Staat als gerechter, wohlhabender, menschlicher und lebenswürdiger angesehen wird.

Der Flieger Ernst Becker:

Nach einer Untersuchung des John Stuart Mill Instituts für Freiheitsforschung (Quelle: Allensbacher Archiv) meinen 49 Prozent der Befragten: jeder sei seines Glückes Schmied, meinen 33 Prozent der Befragten: die einen sind oben, die anderen sind unten.

Ein geradezu alltägliches Beispiel für die immer enger werdenden symbiotischen Beziehungen zwischen Mensch und Maschine ist das Smartphone. Als für viele mittlerweile ständiger Begleiter zum eigenen Körper gehört es zu diesem fast schon wie ein Organ. Eine künstliche Erweiterung des Gehirns, auf die man sich fast ebenso (oder sogar häufiger) verlässt wie auf das eigene Gedächtnis. Vielleicht werden einmal spätere Generationen noch weniger zwischen ihren Körpern und deren technischen Erweiterungen unterscheiden. Künstliche Intelligenz dringt in immer weitere Gebiete vor: „wie leicht wir mit Computern kommunizieren können, entscheidet mit darüber, wie sehr wir sie in unseren Alltag lasse". In der Arbeitswelt ist kaum noch eine Tätigkeit oder Hierarchieebene dagegen gefeit, durch künstliche Intelligenz überflüssig gemacht zu werden. Im Raum steht damit die Frage, wie möglichst viele (alle?) Menschen mit dieser Entwicklung Schritt halten können. Ein reiner Technologie-Optimismus und der Glaube daran, dass künstliche Intelligenz das Leben der Menschen nur besser machen werde, dürften hier nicht ausreichen. Manche Zukunftsforscher befürchten, dass eine mit dem Vordringen von künstlicher Intelligenz startende technische Evolution viel schneller als die biologische Evolution ablaufen würde und deshalb intelligente Maschinen ihre Dominanz immer weite ausbauen würden.

Der Flieger schrieb:

Vineta ------
deine Glocken klingen noch
wenn nach langen Sturmesnächten,
fahl die Dünung an die Küste rollt,
und der schrille Schrei der Möven,
deiner Ufer Klage säumt.
Dann erklingen aus der Tiefe
wimmernd deiner Glocken Schall,
längst versunkene Stadt
in grauen Zeiten,
die die See sich nahm im Sturm.

Deine Glocken klingen noch,
wenn die Fischer ihre Netze
durch das grüne Wasser ziehn,
und Vineta, dir zu Häupten
dunkle Schatten ihrer Boote stehn.
Doch vergeblich über Bord gebeugt,
Deiner Tiefe ihre Augen spähn.

Nur die Glocken tönen leise,
von der Dünung Hand bewegt.

Ernst Becker
(1914-2016)